J.P. CUENCA

DESCOBRI QUE ESTAVA MORTO

TUSQUETS
EDITORES

Preparação: Mariana Delfini
Revisão: Marcelo Nardeli e Renata Del Nero
Diagramação: Futura
Capa: Adaptada do projeto gráfico original por Compañía
Imagem de capa: still do longa-metragem *A morte de J.P. Cuenca*, fotografia de Pedro Urano

CIP-BRASIL. CATALOGAÇÃO NA PUBLICAÇÃO
SINDICATO NACIONAL DOS EDITORES DE LIVROS, RJ

C972d
Cuenca, João Paulo
Descobri que estava morto / João Paulo Cuenca. - 1. ed. - São Paulo : Planeta, 2016.

ISBN 978-85-422-0757-6

1. Ficção brasileira. I. Título.

16-329009
CDD: 869.3
CDU: 821.134.3(81)-3

2016
Todos os direitos desta edição reservados à
EDITORA PLANETA DO BRASIL LTDA.
Rua Padre João Manoel, 100 – 21º andar
Ed. Horsa II – Cerqueira César
01411-000 – São Paulo-SP
www.planetadelivros.com.br
atendimento@editoraplaneta.com.br

DESCOBRI QUE ESTAVA MORTO

Sumário

Para Cristiane e Sérgio

A franqueza é a primeira virtude de um defunto.

Brás Cubas

NOTÍCIA

1

Descobri que estava morto enquanto tentava escrever um livro. Ainda não era *este* livro.

Eu morava com a minha mulher num apartamento de fundos, dois andares acima de um restaurante. Seus funcionários costumavam se reunir num pátio no térreo, naquele espaço interno em que as construções do quarteirão formam um poliedro de intimidade devassada. Ali eles comiam, fumavam, usavam o telefone, jogavam conversa fora. Suas palavras atravessavam as paredes da minha casa. Era como compartilhar o *Inferno* de Strindberg e ouvir as vozes que o perseguiam em hotéis baratos na Paris do crepúsculo do século XIX. Mas aquilo era o Rio de Janeiro e, diferente do escritor sueco, eu não estava louco.

Ou assim queria crer. Como as conversas em altos brados me acordavam todas as manhãs e não me deixavam trabalhar durante o dia ou trepar à noite, eu costumava reclamar do barulho por telefone. Quando essas reclamações não davam em nada, eu gritava pela janela:

— Cala a boca, ô filho da puta!

Certa noite, depois de uma breve troca de xingamentos, joguei neles a primeira coisa que vi pela frente: um saco de lixo cheio de correspondência. Em troca alguém atirou um ovo na janela da sala. Minha mulher chorou. Enquanto a clara ainda escorria pelo vidro, eles recolheram os envelopes e foram à delegacia mais próxima.

A polícia me fichou sob a acusação dos crimes de Ameaça e Arremesso ou Colocação Perigosa, sob o Registro de Ocorrência nº 014-03595/2011.

2

Três dias depois, um telefonema me acordou às onze horas da manhã. Era o último sábado de abril de 2011.

— Alô.

— Quem fala?

— Quer falar com quem?

— É o sr. João Paulo?

— Sim.

— João Paulo Vieira Machado de Cue... — ele hesita.

— Cuenca.

— Isso. Filho de Maria Teresa Vieira Machado e Juan José Cuenca?

— Quem está falando?

— É da 5ª DP. Eu sou o inspetor Gomes e nós levantamos a sua ficha aqui depois da denúncia sobre a confusão aí com o restaurante.

— Sim?

— É que existe aqui outro registro de ocorrência, datado de 14 de julho de 2008, no seu nome.

— Registro de ocorrência?

— Você sabe do que se trata?

— Em 2008?

— Isso.

— Não tenho a menor ideia.

— É que esse B.O. informa o seu falecimento.

— O quê?

— O seu óbito. Aqui está escrito que você está morto.

— Eu não estou morto.

— Você conhece uma tal de Cristiane Paixão Ribeiro?

— Não.

— É melhor você passar aqui na delegacia pra esclarecer essa história.

— Agora?

3

A caminho da delegacia, no centro, eu olhava a praia pelo vidro da janela do táxi.

Visto do oceano, o carro era um pequeno ponto metálico refletindo o sol enquanto avançava diante da tripa de edifícios nas avenidas à beira-mar. Ao fundo, o gigantesco Maciço da Tijuca dominava a paisagem em tons de verde sobre pedra.

A muralha natural que divide o Rio de Janeiro inclui a serra corcunda do Corcovado, o Morro Dois Irmãos e a Pedra da Gávea, divisores naturais entre a zona sul, a zona norte e a Barra da Tijuca. Do alto dos morros, o panorama sinuoso das favelas deságua num paliteiro de edifícios recortado por tentativas de geometria nas avenidas do asfalto até a praia e o azul. No topo da gangorra topográfica que mistura tijolo com Mata Atlântica, os pobres observam os ricos de cima para baixo. Muitos deles trabalham na casa dos habitantes do asfalto — na cozinha, na portaria ou cuidando de seus filhos — e ainda lhes prestam o serviço de delivery de comida, remédios e cocaína. Por sua vez, os chefes do tráfico das favelas que cercam a zona sul e os figurões que ocupam apartamentos de mil metros quadrados por trás de fachadas espelhadas nas avenidas à beira-mar manteriam laços ainda mais estreitos entre si.

O caminho do dinheiro envolve políticos de alto escalão, executivos do mercado financeiro, postos-chave das polícias Militar e Civil, milicianos, parlamentares, construtores, traficantes e pastores neopentecostais lavadores de dinheiro. Enquanto na ponta do varejo estão jovens negros e descartáveis armados de fuzis nas artérias pouco iluminadas dos morros, quarteirões abaixo atacadistas com jacuzzi e quadros do Romero Britto e Beatriz Milhazes no *living* com vista para o Atlântico os irrigam com dinheiro, contatos, armas e drogas. Enquanto prefeitura e Estado abrem caminho para que empreiteiras e concessionárias privadas de serviços públicos controlem efetivamente a cidade, seus governantes garantem continuidade por meio da grana dos sócios que financia campanhas eleitorais, além do lobby pelo proibicionismo e por uma política de repressão cada vez mais cara e bem armada. Ao controlar o fluxo de caixa e o clima de guerra, estaria eternamente mantido o status quo do crime organizado estatal e das suas ramificações paramilitares que escalavam os morros do Rio de Janeiro.

Se quisessem drogas, muitos dos moradores daquelas torres de mármore não precisariam ligar para o motoavião do Morro do Vidigal ou da Rocinha. Bastaria interfonar para a cobertura e pular os intermediários. Mas seria uma descortesia sequer pensar nisso.

Afinal, aquele era apenas mais um fim de semana ensolarado, e os bem adaptados cidadãos do Rio de Janeiro caminhavam, corriam, andavam de bicicleta no calçadão, jogavam variações de futebol na areia — altinho, futevôlei, bobinho, gol a gol. Eles bebiam água de coco nos quiosques à beira da praia de Ipanema, exercitavam-se em aparelhos de metal, bronzeavam seus corpos prósperos pelo calçadão. As mulheres os ignoravam enquanto desfilavam sua saúde comprimida em roupas dois tamanhos menores, encarando o vazio com passos apressados.

Aquele palco brilhante foi onde quatro décadas antes meus pais se conheceram. Um homem recém-chegado de

Buenos Aires — veio no início dos anos 1970 buscando uma existência sabática e bronzeada — e uma moça de família nobre, porém descalça, e que trabalhava numa agência de imóveis. Frequentavam o mesmo ponto da praia. Nasci dois anos depois do esbarrão, e infelizmente o lado luminoso desse jovem casal perdeu-se na genética. Se meu pai era esperançoso e atlético e minha mãe generosa e dedicada aos afetos, nada disso sobrou: dele herdei o pendor para atividades antieconômicas e a fanfarronice. Dela, o gênio irritadiço e angustiado.

Tirando breves episódios, sempre rejeitei a exposição da praia. Ia raramente, ainda que morasse a três quadras. Minha mulher insistia:

— Você não aproveita. Seria tão saudável.

Criança com talento para a doença e de físico limitado, talvez eu rejeitasse a faixa de areia porque gostava de viver fora do meu corpo. Ou negá-lo e fingir que era outro. Pensava nisso enquanto, pela janela do táxi, a cidade se transformava de Copacabana para a praia de Botafogo. Depois, os jardins do Aterro do Flamengo, a Glória e o Centro se anunciando ao fim da praça Paris — tudo isso, outrora um grande pedaço de mar aterrado por toneladas de pedras extraídas do Morro do Castelo. Ponto de fundação da cidade, o Morro e suas 470 construções, incluindo igrejas, sobrados e terreiros, foi completamente demolido no início da década de 1920. Os 5 mil cariocas pobres que ocupavam a área equivalente a 18 quarteirões com 63 metros de altura foram sumariamente expulsos de lá como os jesuítas por Marquês de Pombal no século XVII e os índios tamoios e os franceses por Estácio de Sá em 1565.

Meu pai gostava de lembrar:

— Há menos de um século, essa larga avenida e os jardins estariam submersos. A água chegava até o Outeiro da Glória.

O sol do lado de fora do carro me fazia lembrar da instalação do artista colombiano Óscar Muñoz, que eu tinha visto pouco tempo antes na Casa Daros, um museu novo que não duraria muito tempo, assim como outros ícones da nossa prosperidade pré-olímpica.

Era um vídeo que mostrava a mão de um homem desenhando um rosto no chão de concreto. O desenho era feito com um pincel molhado apenas com água. Seus traços desapareciam à medida que evaporavam — parecia ser um dia quente como aquele que eu enfrentava, talvez com o mesmo entorpecente sol de meio-dia. A mão do homem voltava aos traços recém-apagados, ele tinha que se desdobrar para retocar todas as partes do rosto que iam desaparecendo. O vídeo acompanhava esse trabalho de recomposição durante uma hora. Por mais que o homem tentasse manter a personalidade inicial do retrato, o rosto mudava enquanto as formas eram reconstruídas naquela estranha e particular corrida contra o tempo. Se a mão passasse mais de dez segundos sem retocar o retrato, ele desapareceria por completo.

4

A 5ª Delegacia de Polícia do Rio de Janeiro fica num prédio baixo anexo à chefia da Polícia Civil, na avenida Gomes Freire, no bairro da Lapa. O entorno guarda o pentimento arquitetônico do Centro: caixas de janelas, arranha-céus pós-modernos, portarias art déco, prédios afrancesados e sobrados de herança portuguesa. Muitos caindo aos pedaços, como o que havia ao lado da delegacia, apenas com a fachada de pé, suas janelas nuas abrindo espaço para o céu e um terreno baldio.

Depois de me identificar a um policial, fui conduzido por corredores de arquivos de metal até a sala do inspetor.

Cada um daqueles arquivos, que rodeavam mesas e cadeiras deixando poucas paredes visíveis, continha narrativas cujo ingrediente comum era o desentendimento entre os seres humanos da minha cidade. Histórias transmitidas oralmente pelos seus habitantes e registradas por escrivães, o que fazia do lugar um cruzamento perdido entre biblioteca, cartório e necrotério.

— Você é o Cuenca, né?

O inspetor Gomes era careca, tinha cerca de cinquenta anos e usava um coldre na altura das costelas. Sem levantar da cadeira, me esticou a mão num cumprimento desleixado. O pavor atávico que sinto na presença de professores, padres e policiais é um traço de personalidade que me acompanha desde a infância — nunca me senti à vontade na frente de um agente da lei. Não seria a primeira vez.

O inspetor pareceu perceber o meu desconcerto e sorriu com o ar de quem é dono das chaves da cela. Mandou que eu me sentasse e atirou na mesa o Registro de Ocorrência nº 005-0591/2008, o Guia de Remoção de Cadáver nº 042435-1005/2008 e o Laudo Cadavérico nº 04331/08 — todos eles certificavam que João Paulo Vieira Machado de Cuenca, filho de Maria Teresa Vieira Machado e Juan José Cuenca, cujo número de certidão de nascimento é PED219 4177LV255A, estava morto.

GOVERNO DO ESTADO DO RIO DE JANEIRO
SECRETARIA DE ESTADO DE SEGURANÇA - SESEG
CHEFIA DA POLÍCIA CIVIL
005a.Delegacia de Polícia
Avenida Gomes Freire 320 Centro 20231-010

13

GUIA DE REMOÇÃO DE CADÁVER/SOLICITAÇÃO DE EXAME

Controle Int.: E09-042435-1005/2008
Procedimento: 005-05901/2008

Data: 14/7/2008 às 09:54:39 horas
GUIA Nº: 41 / 2008
Tipo da Remoção: CADÁVER
Destino: IML - Afrânio Peixoto
Enviar Laudo: sim ,

No.Identif.Corpo:

Vítima: JOÃO PAULO VIEIRA MACHADO DE CUENCA

Sexo: Masculino Cor: Parda Idade: 29

Cabelo: Ignorado/Ignorada Barba: Ignorado/Ignorada

Nacionalidade: Brasileira

Cicatrizes:

Tatuagens:

Def.Físicos:

Fato Presumido: A Esclarecer Motivo Presumido: Ignorado
Posição: ignorada

Local de Encontro/Remoção:

Tipo Endereço: Residencial
Rua DA RELAÇÃO , 47, , CENTRO , RIO DE JANEIRO

PRÉDIO DE INVASÃO EM FRENTE À CHEFIA DE POLICIA
CIVIL ,

Circunstâncias do Encontro/Remoção:

Vestes:

Responsável pela Remoção:

Nome: SGTO SOUZA

Documento: RG-11437 ÀS 09:53 HS

Viatura: ARC- Ñ INFORMADA. Data e hora da Remoção: 14/07/2008 09:45:00

Solicitamos a V.Sa determinar a realização do Exame de Corpo Delito Necropsia, na forma dc artigo 158 e seguintes do Código de Processo Penal, devendo o Senhor Perito proceder nc encaminhamento para o ICCE de quaisquer vestígios encontrados por ocasião na necropsia inclusive PAF.

Quesitação Necropsia:

Data da impressão: 04/05/2011 Página 01/02

14

GUIA DE REMOÇÃO DE CADÁVER/SOLICITAÇÃO DE EXAME

Controle Int.: E09-042435-1005/2008

Procedimento: 005-05901/2008

GUIA Nº: 41 / 2008

Data: 14/7/2008 às 09:54:39 horas

Tipo da Remoção: CADÁVER

Destino: IML - Afrânio Peixoto

Enviar Laudo: sim .

1º Quesito:	Houve morte?
2º Quesito:	Qual foi a causa da morte?
3º Quesito:	Qual foi o instrumento ou meio que produziu a morte?
4º Quesito:	Foi produzido por meio de veneno, fogo, explosivo, asfixia ou tortura, ou por outrc meio insidioso ou cruel (resposta especificada)?
5º Quesito:	Outras considerações objetivas relacionadas aos vestígios produzidos pela morte a critério do Senhor Perito Legista.

LEANDRO AQUINO DA SILVA

Delegado(a) Assistente(a)- 946.469-4

Data da impressão: 04/05/2011 — Página 02/02

GOVERNO DO ESTADO DO RIO DE JANEIRO
SECRETARIA DE ESTADO DE SEGURANÇA - SESEG
CHEFIA DA POLÍCIA CIVIL
005a.Delegacia de Polícia
Avenida Gomes Freire 320 Centro 20231-010

04

REGISTRO DE OCORRÊNCIA Nº 005-05901/2008

Data/Hora Início do Registro: 14/07/2008 9:37 Final do Registro: 14/07/2008 9:44
Origem: Atendimento 00508/12124-1 Circunscrição: 005a.Delegacia de Polícia
Responsável p/ Investigação: JOHNNY GOMEZ SANCHEZ

Ocorrências

Remoção para Verificação de Óbito

Capitulação:

Data e Hora do fato: 13/07/2008 18:00 e 13/07/2008 18:30
Local: Rua DA RELAÇÃO . 47 , bairro CENTRO , municipio RIO DE JANEIRO , RJ

PRÉDIO INVADIDO QUE FICA EM FRENTE À CHEFIA DE POLÍCIA CIVIL .

Despacho da Autoridade

1 - Apurar e informar em 30 dias, verificando-se a procedência das informações;
2 - Requisite-se ao IMLAP o auto de exame cadavérico;
3 - Requisite-se o BAM da vitima.

LEANDRO AQUINO DA SILVA

Envolvido(s)

Testemunha - Remoção para Verificação de Óbito
Nome: CRISTIANE PAIXÃO RIBEIRO - IDENTIFICAÇÃO CIVIL - **Comunicante**

Identidade Nº. 11043825-6 SSP/DETRAN

Residente na Rua DA RELAÇÃO 47 , bairro CENTRO , município RIO DE JANEIRO , RJ

Filho de : NÃO CONSTA e MARIA DO SOCORRO P RIBEIRO
Data de nascimento: 23/01/1975
Naturalidade: SAO LUIS-MA Nacionalidade Brasileira Sexo Feminino Cor Negra
Estado Civil IgnoradoOcupação principal Ignorado

Vitima - Remoção para Verificação de Óbito
Nome: JOÃO PAULO VIEIRA MACHADO DE CUENCA - IDENTIFICAÇÃO CIVIL - **Falecido**

Certidão de Nascimento Nº. PED 219 Nº 4177 LV225A FLS 053- 19240 Cartório

Data/Impressão: 04/05/2011 Impresso por: ALCIDES ALVES PEREIRA
Protocolo nº: 042433-1005/2008

GOVERNO DO ESTADO DO RIO DE JANEIRO
SECRETARIA DE ESTADO DE SEGURANÇA - SESEG
CHEFIA DA POLÍCIA CIVIL
005a.Delegacia de Polícia

08

PROTOCOLO/INCLUSÃO DE PEÇAS

Controle Int.: 067230-1005/2008 Procedimento: 005-05901/2008

Data: 24/10/2008 às 24/10/2008 horas

De: IML

Para: 005a. Delegacia de Policia / Centro

Origem: IML

Número do Documento: 04331/08- JOÃO PAULO V. M. DE CUECA

Tipo de Peça: Laudo Cadavérico

Documento de Solicitação: No.04331/08- JOÃO PAULO V. M. DE CUECA (Inclusão de Peça) - *Guia de Remoção de Cadáver (042435-1005/2008)*
Causa da Morte: Desconhecida
Fato Presumido: A Esclarecer
Matrícula: 859.669-4
Responsável: Ligia M. Magalhães Cordeiro de Rezende
Conteúdo:
Auto de Exame Cadavérico de JOÃO PAULO VIEIRA MACHADO DE CUECA, onde os peritos respondem:
1°) Sim;
2°) Depende de Exames;
3°) Depende de Exames;
4°) XXXX (Não consta resposta)

JOSÉ DOMINGOS PALERMO Inspetor de Polícia
-809.365-0

Contingência No.: Data/Hora: hs

Data da Impressão: 04/05/2011 **Página 01/01**

GOVERNO DO ESTADO DO RIO DE JANEIRO
SECRETARIA DE ESTADO DE SEGURANÇA - SESEG
CHEFIA DA POLÍCIA CIVIL
005a.Delegacia de Polícia

09

PROTOCOLO/INCLUSÃO DE PEÇAS

Controle Int.: 068056-1005/2009 Procedimento: 005-05901/2008

Data: 28/08/2009 às 28/08/2009 horas

De: IMLAP

Para: 005a. Delegacia de Polícia / Centro

Origem: IMLAP

Número do Documento: 4331/08 - JOÃO PAULO

Tipo de Peça: Laudo Cadavérico

Documento de Solicitação: No.4331/08 - JOÃO PAULO (Inclusão de Peça) -

Causa da Morte: Desconhecida
Fato Presumido: A Esclarecer
Matrícula:
Responsável:
Conteúdo:
LAUDO DE EXAME CADAVÉRICO, onde os peritos responderam:
1°) Sim;
2°) Pneumonia lobar com formação de microabcessos. Encefalite com a presença de estrutura sugestiva de oocistos de toxoplasma gondii, edema e áreas de hemorragia intraparemquimatosa do encefalo;
3°) Evolução de estado mórbido;
4°) Não.

SARAH RIBEIRO FERREIRA Inspetor de Polícia - 268.884-4

Contingência No.. Data/Hora: hs

Data da Impressão: 04/05/2011 **Página 01/01**

5

Com um olhar entre ameaçador e curioso, o policial estudou minha reação ao ler as páginas do registro de ocorrência. Em seguida, fez uma daquelas perguntas que você jamais imagina ouvir:

— Onde você estava no dia 14 de julho de 2008?

Olhei para o relógio na parede. Ele marcava 12h05 — estava parado. Não sei bem por que, parecia marcar meia-noite e cinco, não meio-dia.

Naquela data eu estava em Roma. O dia da ocorrência que registrava a minha morte por pneumonia lobar com formação de microabscessos, encefalite com a presença de estrutura sugestiva de oocistos de *Toxoplasma gondii*, edema e áreas de hemorragia intraparenquimatosa do encéfalo, num prédio invadido na rua da Relação, 47, entre a rua dos Inválidos e a avenida Gomes Freire, a poucos metros daquela delegacia, era o mesmo do lançamento da tradução italiana do meu segundo romance, *O dia Mastroianni*, na pequena Libreria del Cinema, em Trastevere:

cavallo di ferro

La casa editrice **Cavallo di ferro** è lieta di presentare

Una giornata Mastroianni

di

Joao Paulo Cuenca

presenta **Filippo La Porta**
coordina **Barbara Bechelloni**

Lunedì 14 LUGLIO 2008
ore 19,30

LIBRERIA DEL CINEMA
Via dei Fienaroli, 31
ROMA

6

Em fevereiro de 2008, depois de um divórcio, saí do Rio sem data marcada para voltar, num movimento que já fazia parte da rotina de emendar convites para lançamentos de livros ou palestras no exterior com viagens cada vez mais longas e despropositadas. Essa crença ingênua na partida — o mesmo pecado original da Europa, de dom Sebastião, dos meus antepassados, de gerações de emigrantes e desterrados caindo como peças de dominó longe de casa — ocultava certa vocação para a tristeza, desejos vagos de desaparição. Eu ainda não entendia que minha personalidade não seria construída pelo acúmulo de experiências, e sim erodida por elas.

Depois de um encontro de escritores em Portugal, uma temporada de algumas semanas na Espanha e um mês na França, seguido de uma longa viagem de trem, cheguei a Roma. Sentia aquela felicidade vaga e solitária dos viajantes. Era verão, o dia brilhava na Europa inteira, eu guardava a lembrança de algumas mulheres nuas no pequeno estúdio por trás da porta verde da rue du Temple, 94, em Paris, e estava apaixonado por uma delas. Voltava a Roma para promover uma tradução e era o perfeito exemplo do jovem escritor latino-americano famélico e deslumbrado com a experiência europeia.

O lançamento do livro sob o pôr do sol em Trastevere, a madrugada que atravessei na garupa da lambreta conduzida pela italiana de colo farto e nariz adunco, com quem compartilhei um baseado de haxixe e uns beijos debaixo das galerias do Pantheon, talvez aquilo tenha sido algum tipo de ápice, o topo da montanha de onde hoje observo os vales e assinalo o ponto de inflexão.

7

— Onde você estava no dia 14 de julho de 2008?

— 2008?

— É.

— Em julho? Em julho de 2008 eu estava na Europa. Fiquei por lá até o fim do mês. Ou talvez agosto ou setembro.

— Férias?

— Trabalho.

— Que trabalho?

— Eu sou escritor.

— Você foi escrever sobre o quê?

— Eu fui convidado pra uns festivais literários. E lancei a tradução de um livro meu na Itália.

— Você é um escritor famoso?

— Não.

— Desculpa, é que nunca ouvi falar. E olha que o seu nome é estranho.

— É.

— O que você escreve?

— Ficção.

— Livro?

— Sim.

— Ficção científica?

— Não. Quer dizer, pode ser também.

— O que tem nos seus livros?

— Não sei. É complicado.

— Como assim, complicado?

— É que se você perguntar pra qualquer escritor...

— Você acha que eu sou ignorante?

— Claro que não.

— Eu sou advogado. Leio muito. Já li muito. Teve uma época em que li todos os livros do Rubem Fonseca. Você conhece?

— Se eu conheço o Rubem Fonseca?

— É.

— Eu gosto muito do Rubem Fonseca. Ele talvez tenha sido o escritor mais...

— Tem uma frase dele que eu adoro. Eu sempre uso.

— Qual é?

— "Não tem nada que uma mulher não possa piorar."

— Essa é boa.

— Não é?

— É.

— Você tem essa mulher aí, por exemplo.

— Quem?

— Essa aí. Tá no registro. Ela que identificou o defunto com seu nome, sobrenome e documento. A tal Cristiane.

— Ela está viva?

— Ela foi intimada para esclarecer a história. Mas o endereço não confere.

— Você tem ideia de por que essa mulher fez isso?

— Ih, meu amigo. Tem cada história.

— Eu imagino.

— Ela podia estar dando um golpe de seguro no seu nome.

— No meu nome?

— Sim. Você inclusive pode ser cúmplice.

— Eu?

— Tô brincando. Mas você tinha algum seguro no seu nome em 2008?

— Nunca tive seguro de vida.

— Nunca?

— Não que eu saiba. Nem de saúde eu tenho.

— Você teve algum problema com seu CPF recentemente?

— Sim. Mas fui culpado por todos eles.

— Nenhum crediário apareceu no seu nome?

— Não.

— Então, no fim das contas, esse sujeito aí usou seu nome só pra morrer.

— Ele devia estar fugindo de alguém.

— Talvez. Mas por que a mulher dele identificou o falecido com seu nome e não com o nome verdadeiro? Ele já estava morto, mesmo. Um cara desses não tinha pensão pra receber. Não devia fazer a menor diferença.

Uma jovem surgiu com uma pasta e a deixou sobre a mesa. Era loura e usava jeans, seu coldre vazio. O inspetor Gomes pediu a ela um café e me ofereceu. Aceitei. A policial respondeu a minha tentativa de sorriso com um resignado aceno de cabeça e evoluiu por um corredor entre as mesas até a extremidade do andar. Nós dois seguimos o movimento pendular dos seus culotes, nosso único momento de cumplicidade naquela tarde. O inspetor voltou à carga, como se tivesse lembrado de alguma coisa:

— As pessoas costumam roubar a identidade das outras pra fugir. Pra tentar outra vida. É bem comum malandro tomar a identidade de um morto pra viver com o nome dele. Mas isso aí...

— Isso aí o quê?

— Não sei. É estranho pra caralho.

— Como ele conseguiu minha certidão de nascimento?

— Você que me responde. Já perdeu alguma?

— Nunca.

— Você deu sorte. Você não percebeu aí na papelada que eles identificaram o corpo depois de uma semana?

— Identificaram?

Ele me mostrou este papel:

GOVERNO DO ESTADO DO RIO DE JANEIRO
SECRETARIA DE ESTADO DE SEGURANÇA - SESEG
CHEFIA DA POLÍCIA CIVIL
005a.Delegacia de Polícia

PROTOCOLO/INCLUSÃO DE PEÇAS

Controle Int.: 044304-1005/2008 Procedimento: 005-05901/2008

Data: 22/07/2008 às 22/07/2008 horas

De: IFP

Para: 005a. Delegacia de Polícia / Centro

Origem: IFP

Número do Documento: 0135600

Tipo de Peça: Laudo de Exame

Documento de Solicitação: No.0135600 (Inclusão de Peça) -

Matrícula: 8095119

Responsável: ALEXANDRE MAGALHAES REIS E SILVA

Conteúdo:

TRATA-SE DE INVIDIVIDUAIS DE SERGIO LUIZ DE ALMEIDA COUTO

— Esse Sérgio aí. Mandaram o defunto tocar piano e foi isso que te salvou.

— Piano?

— As impressões digitais. Só por isso você tem todos os documentos de morto, menos uma certidão de óbito no seu nome. Aí ia ser foda.

— Por quê?

— É uma puta burocracia provar que está vivo. Acha que é só respirar?

— Quem dera.

— Quem dera o quê?

— Que fosse fácil.

— É.

— E quem era esse cara?

— Olha, eu não sei, não. Mas gente boa é que não era.

— Tem como puxar a ficha dele?

— Sim. Mas o sistema tá fora do ar.

— E tem hora pra voltar?

— Se eu soubesse... De qualquer maneira, pode ficar tranquilo. Eu vou anotar aqui que você estava em viagem internacional e que desconhecia o fato, bem como a comunicante, essa dona Cristiane aí.

— E agora?

— Tenho seus contatos, se a gente precisar, sabe onde te encontrar. Você está planejando viajar para o exterior nos próximos meses?

— Sim. Por quê?

— Não é nada, não.

— Eu posso ficar com uma cópia desses papéis aí?

— O que você quer fazer com isso?

— Não sei. Quero ler direito. Com calma.

— Porra, você tem sorte. Isso é bem história pra escritor usar.

— É.

— Será que você vai escrever um livro com isso aí?

— Não.

Saí da delegacia. O café nunca chegou.

8

O ano de 2011 foi mais um daqueles cuja metade passei fora do país. Eu sofria do que alguns amigos chamavam de síndrome de antidorothy — qualquer lugar era melhor que o meu *lar*. Sentia falta não de casa, mas de tudo o que ia deixando para trás, como se algo meu se desfizesse pelo caminho. A essa saudade ao contrário da terra natal os alemães chamam de *Fernweh*. A velha máxima de Baudelaire, "parece que sempre serei feliz onde não estou", para mim valia apenas enquanto estava no Rio de Janeiro.

Se no resto do mundo eu era razoavelmente feliz, bem-adaptado e tinha uma curiosidade legítima sobre as ruas e as pessoas que as ocupavam, na minha cidade natal a combinação de falta de esperança com um sentimento generalizado de asco fazia com que eu me sentisse um intruso. Mais que isso: um traidor. Caminhava pelas calçadas com o desejo constante de pedir desculpas para todo mundo. O porteiro, o homem da banca de jornais, o transeunte anônimo, o motorista de táxi que parava a meu aceno. E por que desculpas? Porque eles pareciam esperar de mim algo que eu não tinha para oferecer?

Para fugir dessa sensação, passei a evitar a rua. Saía o mínimo necessário e, quando voltava a meu palácio refrigerado de quarenta metros quadrados com vista para uma garagem e a área de serviço de um restaurante, gostava de imaginar que estava em outro lugar.

A obstinação implacável com que eu me negava algum prazer naquela cidade me isolava de todos meus círculos, principalmente os formados por amigos de universidade ou vida literária que tinham conseguido construir família e patrimônio — esses me provocavam especial alergia. Pelo mesmo motivo, já não via mais nenhum amigo de infância. Dentre eles, eu era o único que ainda não tinha conseguido emplacar um casamento ou um gameta no ventre de uma mulher. Minhas ex-namoradas e amantes, por sua vez, engravidavam umas atrás das outras. Eu me sentia como um *bout-en-train*, o cavalo engraçadinho que esquenta a égua para o garanhão procriar sem esforço.

Um e-mail em branco e a imagem anexada de um velho cartão-postal com uma ponte interrompida sobre um abismo — era como muitas vezes respondia a esses amigos. Com o tempo, passaram a aceitar nossa distância com naturalidade e desistiram. Para isso é útil ser um escritor.

O convite para sair com um dos poucos que restavam (chamavam-se "A Resistência") provocava um monólogo que começava com um inventário de bares, restaurantes, cinemas de rua e livrarias do Rio de Janeiro que não existiam mais, substituídos por farmácias, igrejas evangélicas e academias de ginástica em cubos de vidro espelhado. Eu dizia que não era por acaso que os postes franceses de cobre e luz amarelada estavam sendo trocados por luzes fluorescentes em arranjos de metal.

— É uma luz de necrotério.

— Que dramático! Você não tem vergonha dessa viadagem, não?

— É exatamente a mesma luz.

— Vou pedir outro chope. Quer?

— Talvez pareça mais com a iluminação de holofotes sobre ruínas. Como num sítio arqueológico.

— Puta que pariu, Cuenca. Só falta você começar a falar em gentrificação.

O Roberto Protz era um acadêmico, editor e escritor reconhecido pela *intelligentsia* do balneário, uma década mais velho que eu. Editou meus primeiros livros, o que fazia dele uma pessoa a quem eu devia muito — e nunca seríamos capazes de nos perdoar por isso. Era também um dos poucos amigos de mais de uma década que me sobravam. Por sua boemia legendária e invencível, poderia ser o líder d'A Resistência, não fosse, ele mesmo, reticente a se encontrar comigo, farto do caos que se anunciava sempre que começávamos a beber.

Naquela tarde de sábado, assim que saí da delegacia, mandei uma mensagem de texto para ele:

— Tenho uma coisa pra te contar.

— O quê?

— Só ao vivo. Onde você está?

— No Capela.

— Já?

— Trouxe o texto que você me mandou. Preciso beber.

Na época em que recebi a notícia da minha morte, eu dava voltas ao redor de algo próximo a um capítulo de romance, um retrato distópico do Rio de Janeiro e de mim mesmo que escrevi sob o ruído dos meus indesejados vizinhos até o conflito que me levou à delegacia.

Um capítulo disso acabou sendo publicado cerca de um ano depois do incidente, em julho de 2012, como início de obra inédita na edição da revista literária britânica *Granta* com os "melhores escritores jovens brasileiros". Um crítico depois classificaria o texto como "raivoso", mas a ocupação das ruas da cidade em 2013 por protestos populares com agenda bastante semelhante foi apenas uma das coisas que fomos incapazes de prever. Nunca terminei esse livro. Era um trecho dele que o Protz lia quando me recebeu no Nova Capela, na Lapa.

— Lá vem você, Cuenca, parecendo o pequeno Gatsby!

Na parede ainda havia o retrato enquadrado da bela mulher negra a sorrir sobre o balcão de mármore — pouco depois a fotografia seria retirada, talvez fruto de algum desentendimento, e o restaurante ficaria mais melancólico. Abaixo do quadro, garrafas de todos os quilates, troféus dourados, recortes de jornal presos à parede e uma vitrine cheia de abacaxis, cachos de banana e latas de azeite. O Capela tinha ares de banheiro público, sem qualquer privacidade entre mesas ocupadas por calipígias louras de farmácia e senhores de camisa polo listrada. Em dias assim, o lugar parecia confirmar os planos da prefeitura para as Olimpíadas: substituir inteiramente os moradores da cidade por turistas.

A tinta impressa dos originais desaparecia das páginas à medida que o Protz os devolvia à mesa molhada, alimentando uma pilha de papel despedaçado ao lado de um par de tulipas de chope. Para me distrair da tensão, eu esvaziava um paliteiro e formava desenhos geométricos com os palitos quebrados sobre a mesa. Meu amigo lia tudo em silêncio com um arco de irritação nas sobrancelhas, os óculos a deslizar pelo maiúsculo nariz. Ele era um tipo de italiano meridional ou mesmo libanês, a depender da hora do dia ou da noite.

Seguia as linhas com um dedo indicador vacilante:

> O convite para uma ronda noturna com um dos poucos amigos que ainda restavam (chamavam-se de "A Resistência") provocava, depois do inventário de bares e boates que não existem mais, a repetição de velhas citações: "Sair? O que eu mais quero, no fim das contas, é que todo mundo volte para casa". E lembrava que não tinha por que buscar mulher fora do seu palácio refrigerado de quarenta metros quadrados, fora da paz do seu deserto doméstico, para depois desfilar o rame-rame que os amigos mais chegados já sabiam de cor, até que desistissem de ouvi-lo: a euforia e o autofascínio do carioca nos anos 2010 eram insuportáveis; a Lapa revitalizada e iluminada era um ninho irrespirável de turistas, estupidez e obscuridade; e qualquer mesa ocupada por artistas cariocas era de uma vulgaridade torturante, com o desfile usual de pensamentos limitados — cheios de fórmulas e receitas, curvados aos fortes, às ideias vencedoras e antigas, ao patrimonialismo e à sede por dinheiro — emitidos por dois grupos principais: os que

tinham recibos com o dinheiro do governo grampeados na testa e os que tinham recibos da emissora de TV, do jornal do mesmo grupo ou dos seus anunciantes grampeados na testa.

Quem não fizesse parte de qualquer um desses círculos estaria disputando suas migalhas, orbitando ao seu redor com o ar nada distraído das aves de rapina e logo conspirando bravamente para deles fazer parte mediante conchavos com a aristocracia que preenchia cargos dentro dos complexos e inchados organogramas de secretarias de governo, agências de publicidade, produtoras, jornais e a própria emissora, ou por meio de editais e bolsas e regadores de mão oferecidos pelas três esferas de poder estatal.

Todos estavam à venda e o preço era baixo.

Ao dar passos em volta desse discurso repetitivo, distraía-se dos seus temores. Ele, que nunca havia desistido de nada, que sempre tinha sido alvo da desistência de alguém — um emprego, uma mulher —, estava finalmente assombrado pela consciência de nunca ter desistido um dia.

Mas logo tudo iria desaparecer. E ele também.

— Por que você não vai embora de uma vez? — Protz interrompeu a leitura depois de um suspiro e um gole no chope.

— Como assim?

— Esse cosmopolitismo de aeromoça já deu, Thomas Bernardinho.

— Viajar não é o problema.

— Claro que não. O problema é que você volta. Você tem que parar de voltar. — Protz atirou o papel contra a mesa depois de dar meia dúzia de petelecos no topo da página. — Isso aqui parece uma carta de leitor de jornal reclamando da vida. Ou a carta de um suicida, só que daquelas que você fica torcendo pro cara se matar logo. E desde quando você ficou tão moralista?

— É tão ruim assim?

— É muita frescura.

Lá fora um ônibus freou bruscamente e ouvimos a batida contra o poste. Um garçom abriu a porta dupla de madeira e sentimos o bafo úmido de ar quente invadir o restaurante. Protz tinha razão. Nem mesmo o fato de a cidade me perseguir aos berros até pelas janelas da minha casa era suficiente para me fazer abandoná-la. Eu não era capaz de admitir o medo que a minha vontade de deixar o Rio fosse recíproca — que ele também desejasse me ver pelas costas.

> Até que ponto ir embora por vontade própria seria diferente de capitular cabisbaixo diante de um adversário medíocre, ou, pior, de ser visto como alguém em fuga? Até que ponto renunciar à terra natal não seria fruto de uma rejeição dos seus? É possível fugir

sem ser covarde? Quaisquer que fossem as respostas, as próprias interrogações eram derrotas que ele não estava pronto para assumir.

Era necessário manter a superioridade que tem aquele que abandona sobre o abandonado, a lucidez do amante que se despede e que, a partir de um ponto iluminado e irresistível na linha do tempo, decide estar só. Garantir esse status antes da sua diáspora pessoal era uma questão incontornável. Filho de emigrantes, tinha o exemplo em casa: temia o esquecimento pelos colegas de profissão, pela imprensa, pelas ex-mulheres, pelas conversas nas mesas de bar — a prescrição dos que vão embora, o nome que deixa de ser lembrado até que nunca mais seja dito. Além de ir embora, precisava fazer falta. Justamente o que sua família, ao escapar do naufrágio de seus círculos de origem nos anos 1970, não conseguira.

O apego ao parco patrimônio social acumulado contrastava com o mal disfarçado desprezo que tinha pelo seu palco, um balneário no Extremo Ocidente, na periferia do sistema cultural e econômico do planeta, que caminhava em tempos pré-olímpicos para se tornar uma Barcelona mais exótica e miserável nos cafundós do hemisfério sul. Mais exótica, miserável e mais cara. A corrida imobiliária que transformava barracos nos morros da zona sul carioca em pousadas-butique comandadas por franceses na Mikonos pós-tropical que as favelas sugeriam em tempos de nova paz armada já fazia parte de um processo aparentemente irreversível.

O Protz começava a ganhar um ar de enfado definitivo e perder a cor. Eram chegadas as páginas sobre a gentrificação e meu amigo parecia ser capaz de decolar pela janela a qualquer momento, como um corvo de pincenê num desenho animado. Eu acompanhava o texto com o rabo do olho, ao mesmo tempo que garantia o fluxo de álcool.

Nos bairros da zona norte e dos subúrbios, invisíveis para a imprensa e bastante menos cristalizados no imaginário carioca *for export*, o processo de expulsão dos moradores foi mais rápido e menos sutil que nos morros da zona sul, sem o risco desse tipo de convivência inusitada. Sob o pretexto da revitalização, palavra que em tempos pré-olímpicos foi capaz de justificar todo tipo de atrocidades, remoções e desalojamentos arbitrários, dezenas de milhares de pessoas foram expulsas de suas casas, dando espaço irrestrito aos novos donos absolutos dessas áreas: empreiteiras e seus braços políticos e armados.

Marcas de tinta nas portas surgiam como sentenças a determinar as casas que seriam demolidas em quarenta e oito horas nos guetos da Vila Autódromo, em Jacarepaguá, Taquara, Campinho, em Madureira, no Maracanã, em Olaria ou na área do cais do porto. O desrespeito ao direito ao reassentamento dos moradores, a transferência imediata de promotores de Justiça críticos ao processo, a limpeza de quarteirões com o uso de *tasers* para acordar mendigos e espancá-los antes da desova em depósitos humanos nos estertores da cidade numa operação da prefeitura chamada, sem ironia, de "Choque de Ordem": essas foram algumas das marcas daquela década que os cariocas escolheram ignorar, corrompidos pela promessa de uma Copa do Mundo, uma Olimpíada, quatro estações de metrô, vias expressas, um par de museus e estádios — o desejo provinciano de ser nova-iorquino nos trópicos, de emular cosmopolitismo através de uma cirurgia plástica urbana que jamais viria como imaginada, mas que foi largamente estampada em infográficos nos jornais. Em sua defesa, os 5 mil de cima esforçavam-se por obter as medidas legislativas favoráveis à transformação da cidade e ao enriquecimento dos patrimônios respectivos com indenizações fabulosas e especulações sobre terrenos. Os Haussmann pululavam.

Protz depositou a página sobre a mesa. Enquanto eu me perguntava se ele teria pescado a citação do Lima Barreto no final, ele olhou para mim com um ar entre o desânimo e o constrangimento:

— Puta merda. Vamos pedir alguma coisa pra comer?

Era evidente que o texto tinha saído dos trilhos. O Protz devia estar perguntando-se o que dizer. Talvez eu fosse aquele amigo que podemos lastimar, mas não ajudar. E como começar a destrinchar todas aquelas comparações cretinas, generalizações históricas, flashes panfletários de denúncia social, pontuação errática nas longas frases daquele narrador desafinado, perdido numa diatribe sem sutileza ou ritmo?

Talvez ele compartilhasse da minha preocupação com as consequências de publicar um retrato tão desalentador de todo mundo que conhecíamos, incluindo meus empregadores num sistema cultural orwelliano e autoprotetor. Poderia desistir de me defender das acusações de sempre (superficial, inconstante, tumultuário, petulante, egomaníaco) em outras mesas de bar e, ainda, como um bom velho amigo, cuidar para que eu abandonasse o livro.

Mas não fez nada disso — e tampouco perguntou o que eu queria lhe contar quando o procurei mais cedo. Mudou de assunto e avançamos em uma porção de bolinhos de bacalhau enquanto trocávamos observações sobre um par de universitárias da Escandinávia sentadas na mesa ao lado.

Oferecemos uma bebida e finalmente acampamos na mesa delas.

— Quando eu me apaixonei por esta cidade, eu era autodestrutiva e superficial — disse em inglês a mais marmórea das duas enquanto virava um Steinhæger.

— E hoje?

— Agora ela só reclama — replicou a outra, uma morena de olhos puxados.

— Qual é o problema?

— Você já viu aquele filme *Poltergeist*? O da casa construída sobre o cemitério clandestino indígena? — perguntou a jovem angustiada.

— Sim.

— Eu sou formada em arqueologia.

— Lugar perfeito pra isso — Protz forçou a piada.

— Este lugar aqui é um puta Poltergeist — ela continuou, puxando os erres. — Quando tem qualquer obra aqui no Centro, e vocês têm feito muitas por causa das Olimpíadas, é comum que encontrem corpos e ossos esmagados, como no Cemitério dos Pretos Novos ali na área do Cais do Porto. Escravos. Mas vocês escondem tudo de novo. Como se ninguém estivesse vendo.

É. Na verdade, ninguém estava. Nunca. Fizemos cara de consternados e demonstramos alguma sensibilidade com o tema. Eu disse platitudes que fazem sucesso com estrangeiros, como "A maior violência que o Brasil comete é contra o tempo!", e engatilhei um libelo contra o decorativo Museu do Amanhã que começavam a construir por ali, mas o Protz me interrompeu e pediu quatro doses de cachaça. Compreendi que nossa missão seria arrastar as gringas para algum samba ao lado e, com sorte, a um motel putrefato da Lapa, um velho número nosso de Carnaval. Fracassamos.

Não insisti sobre o texto. Costumava me refugiar desse tipo de incerteza num pensamento mágico: os coitados evidentemente não estavam pescando porra nenhuma. Lembrava a historinha de Kierkegaard perguntando o que significaria ser um contemporâneo de Cristo e a sua resposta: hesitar em aceitá-lo como o Salvador. Porque a aceitação do cristianismo deixa Cristo no passado, e o presente é um tempo de dúvida. Eu seria contemporâneo demais, e, dentro dessa lógica delirante, os editores que não respondiam meus e-mails e os livros encalhados ou já inexistentes em livrarias eram a confirmação de um talento incompreendido e *puro*. Assim, eu era generosamente cortês e até simpático com gente que sabidamente me detestava. Eu os via como pequenos acidentes topográficos da janela de uma estação espacial.

Este santo astronauta podia ser acusado de alienado, mas ao menos sentia-se limpo. "Esperem e vejam!", lema popular entre os camicases no fim da Segunda Guerra Mundial, era algo que então podia resumir meus pensamentos, ainda que eu jamais me manifestasse nesses termos.

Naufragar com elegância era o mínimo.

Impermeável ao fracasso, mas não à bebida, pedi outros dois chopes e um Steinhæger antes de seguir rumo ao endereço impresso no Registro de Ocorrência nº 005-0591/2008, que levava escondido numa pasta sob a mesa.

9

Saí do Nova Capela com a testa leve pelo álcool e tomei a direita na rua dos Inválidos rumo à rua da Relação.

Até o desmonte começado no final do século XIX, essa parte da Lapa era um conjunto de artérias pantanosas, cortiços e mansões transformadas em casas de cômodos, cercado pelo Morro do Senado e o Morro de Santo Antônio. O Senado foi a primeira das seis colinas a cair e aterrar uma área cheia de lagoas, capinzais e charcos, que só na década de 1950 terminou de ganhar o traçado atual. As terras que existiam aqui serviram para o aterro da zona portuária e da região do Valongo, na Gamboa — por onde entraram os 2 milhões de africanos que fizeram do Rio de Janeiro o maior entreposto de escravos do planeta entre os séculos XVIII e XIX. Uma cidade cuja população de libertos era duas vezes menor que a de escravos. Ali, na Pequena África, eles eram também enterrados, como lembrou a sueca que eu e Protz não conseguimos comer.

Na esquina com a rua da Relação, o calor da tarde distorcia a imagem do asfalto. Poucos carros, o comércio fechado, o som de britadeiras ecoando numa obra. Um velho vestindo trapos passou por mim puxando uma carroça de entulho e disse "boa tarde". Encarei sua simpatia como sinal de sorte e, com as páginas do registro de ocorrência dentro de uma pastinha de papel pardo, fui procurar o prédio invadido, endereço da minha morte.

O lado ímpar da rua da Relação, entre a avenida Gomes Freire e a rua dos Inválidos, tem três prédios contíguos, de números 37, 43 e 49, que dividem uma enorme marquise com colunas redondas de quinze metros de altura. Ao lado deles, dois sobrados baixinhos e invadidos, ocupados por dezenas de famílias. O edifício que chamava mais a atenção era o do meio, recém-pintado. O espaço comercial do térreo, com vidros verdes espelhados, ainda estava vazio, provavelmente esperando para ser ocupado por uma agência bancária, uma farmácia ou uma academia de ginástica.

No umbral da pequena entrada dos moradores, um porteiro de camisa azul de mangas curtas e gravata percebeu a minha presença indecisa.

— Tá procurando alguma coisa?

— O número 47.

— Aqui é 43.

— Eu sei. O próximo é 49 e o anterior é 37, mas eu estou procurando o 47. Devia ser aqui.

— Ah.

— O quê?

— Esse deve ser o número antigo. Antes da reforma.

— Que reforma?

— Esse prédio aqui ficou com a obra parada por anos, só no esqueleto.

— Esqueleto?

— É. Teve até invasão. Um monte de vagabundo morando aqui. Aí compraram, expulsaram todo mundo e terminaram a obra.

— Terminaram quando?

— O Habite-se saiu mês passado. O prédio tá novinho.

— Estou vendo.

— Uma beleza.

— E você sabe pra onde foram os moradores?

— Que moradores?

— Daí do prédio.

— Os mendigos? Eu vou lá saber?

Dei alguns passos para trás e observei a fachada, pintada de bege com detalhes em verde. Eram oito janelas para cada um dos onze andares. O número 43 era três andares mais baixo que seus dois irmãos siameses. As esquadrias de alumínio brilhavam contra o sol do fim da tarde e grande parte dos apartamentos parecia vazia. Poucos tinham ar-condicionado. Nove deles exibiam placas de "aluga-se" ou "vende-se" na janela.

10

O prédio que foi construído sobre a casa da minha infância, a única onde meus pais viveram juntos, também tinha onze andares e a mesma fachada genérica e retangular.

Eu morava na Vila Palácio, um conjunto de sobrados do início do século XX no bairro do Catete, na rua Silveira Martins, ao lado do Palácio da República, sede do governo brasileiro até que o status de capital federal nos abandonasse em 1960.

Minha primeira memória é a dos pés de criança se equilibrando sobre a casa demolida: os tijolos quebrados entre o emaranhado de canos inúteis, uma pia branca de cabeça para baixo — seu apoio comprido de louça despontando entre as ruínas como uma garça que estica o pescoço. Eu tinha cinco anos, e da casa só guardo a lembrança dos destroços.

Como minha família de classe média e eu sempre vivemos muito acima do que permitiam nossos recursos, fomos condenados ao perpétuo inquilinato. Até meus trinta e cinco anos morei em dezesseis endereços no Rio: os contratos de aluguel sempre ficavam caros demais, eram rescindidos pelos proprietários ou simplesmente éramos despejados por motivos de demolição. Mais de uma vez tivemos que desocupá-los por causa da força do progresso. Outro endereço simbólico da minha infância, um prédio no Leblon de três andares sobre o Luna Bar, estabelecimento onde a boemia carioca entupia o ventre de chope e as narinas de cocaína entre os anos 1960 e 1980, foi demolido para dar espaço a um monólito negro de vidro.

Talvez fosse esse o meu único ponto de contato com os cariocas que, ao longo dos séculos, encontraram na sua porta as marcas do príncipe regente expulsando-os de suas casas em 1808, viram a administração Pereira Passos anunciar o bota-abaixo dos cortiços da Cidade Velha em 1904, a prefeitura de Carlos Sampaio fazer o mesmo com o Morro do Castelo e as casas ali construídas em 1920, o governo Carlos Lacerda remover favelas da zona sul na primeira metade dos anos 1960 e a Secretaria Municipal de Habitação repetir a história nos anos 2010: o fato de não termos residência fixa.

Em tempos pré-olímpicos, quem não tinha como pagar pelo Novo Rio era varrido em direção às favelas e aos subúrbios escuros e calorentos que seguiam crescendo viroticamente ao longo das linhas semidestruídas de trem nos bairros fora do cinturão olímpico. Aos milhares de desalojados pelo poder público seguiam-se os deslocados pela especulação imobiliária e seus empreendimentos milionários, muitos usados apenas para lavar dinheiro. Eu era apenas uma peça insignificante de um dominó imobiliário que existia desde o Império.

De resto, o tom inflamado daquele texto da revista inglesa com as tais jovens promessas da literatura brasileira não passava de recalque e oportunismo barato, como mais tarde me confirmou num e-mail emputecido o meu amigo Protz. Ele não deixava de ter razão: no fim das contas, o movimento de encarecimento da cidade e as violações dos direitos humanos me incomodavam apenas o suficiente para eu me aproveitar disso num livro antes de me mudar de cidade e de país.

Ou, pelo menos, esse era o meu plano.

11

Uma senhora de cabelos louros e blusa florida se aproximou do número 43 da rua da Relação com um jovem casal. Entre cães sem dono, caçambas de lixo e crateras na calçada, eles eram figuras alienígenas na tarde modorrenta da Lapa. Estavam *limpos*. O porteiro se aprumou ao vê-los. A corretora deu um aceno de cabeça para ele e começou:

— Este aqui é o melhor imóvel da região. É quase impossível termos um prédio novo aqui nessa área. Estão começando a fazer muitos retrofit, mas isto aqui foi literalmente recém-construído, como vocês podem observar pela fachada.

— Era um prédio invadido, não era? — interrompi.

— A construção ficou parada por anos. Eles só retomaram ano passado. O prédio é novo. Quem é o senhor?

— Eu?

— Você está interessado num imóvel? — E me entregou um folder em papel couché que anunciava o nome do empreendimento: "Soul da Lapa".

Assenti e segui o trio pelo lobby espelhado e pelos corredores do prédio ainda cheirando a tinta fresca. Leonilce, a corretora de imóveis, tinha um molho redondo de chaves pequenas, como as de um conto de fadas, que abriam todas as portas de cômodos que pareciam nunca terem sido visitados antes, como o salão de jogos, o salão de festas, a lavanderia, o espaço home theater, o fitness center, todos anunciados no folder em plantas coloridas feitas em AutoCAD.

No salão de jogos havia mesas para cartas e sinuca; na lavanderia, máquinas modernas com nomes e instruções em inglês; no cinema, poltronas e um projetor com cabos soltos; na sala de ginástica, aparelhos de musculação, esteiras de corrida, uma grande jacuzzi e uma sauna. Tudo novo e intocado, como a corretora gostava de repetir, ainda que o plástico sujo de pó de construção que cobria os objetos lembrasse aqueles lençóis que protegem os móveis empoeirados de uma casa antiga e desabitada.

Cada uma dessas *facilidades* estava por trás de uma porta exatamente igual à dos oitenta apartamentos do prédio de corredores estreitos. Isso causava um efeito de labirinto e caleidoscópio, como se aquelas fossem portas mágicas que, ao serem fechadas e então abertas de novo, revelariam outro lugar, não mais os aparelhos de ginástica, mas talvez uma família jantando em frente à televisão.

Depois vimos os apartamentos. Um deles era um retângulo branco sem paredes de 34 metros quadrados que ela chamava de *loft*. Era de fundos, janela estreita com vista para um paliteiro cinzento de edifícios e, no alto, para um distante Cristo Redentor. O segundo apartamento tinha 44 metros quadrados, paredes e alguma mobília. A decoração era minimalista, com cama e sofá baixos de cores claras — a única coisa presa nas paredes era um pôster com o skyline noturno de Manhattan numa moldura envidraçada.

Havia pouco espaço para andar. Deixei a corretora falando sobre a cozinha — o prédio não tinha instalação a gás e o forno era elétrico — e fui até a janela.

Dali viam-se, no outro lado da rua, o prédio sem pintura da Polícia Civil e, em reforma, o palacete afrancesado do Exército, ocupado pelo DOPS durante a ditadura militar e também palco de tortura e sede da polícia política do governo Vargas. Distantes, por trás do quadrado verde do Campo de Santana onde supostamente foi proclamada a República, os prédios do Comando Militar do Leste, sede do comando das Forças Armadas Brasileiras, e a Central do Brasil, sede da Secretaria de Segurança, responsável pelas ações da Polícia Militar do Estado. Por trás e sobre eles, os barracos do Morro da Providência, cujas origens remontam à Guerra de Canudos e à frustrada promessa de terra aos soldados vencedores que retornaram. Ali estavam os principais instrumentos de coerção do Estado e, por trás deles, a primeira favela do país.

Mais perto, subindo a rua dos Inválidos, observei a Igreja de Santo Antônio dos Pobres e um edifício inacabado e novíssimo atrás dela. O retângulo gigante de trinta andares espelhados refletia o casario irregular da área. Perguntei à corretora sobre a construção alienígena.

— Eu já ia falar dele. É por isso que este aqui é o melhor investimento que vocês podem fazer. Aquele é o prédio novo da WTorre, que vai ser ocupado pela Petrobras. Também acabou de ficar pronto. Ele vai atrair mais de 15 mil postos de trabalho. Quinze mil, do dia para a noite. Já dá pra perceber que a região está melhorando, né? Todos esses restaurantes e lojas abrindo, e agora com mais segurança à noite, já que vamos ter iluminação de led nas ruas. A demanda está enorme. Eu prevejo que o valor triplique até as Olimpíadas.

Perguntei o preço.

— Hoje? Trezentos mil.

— Reais?

— Dólares — disse, com ar de vitória.

FESTA

1

Voltei ao Centro naquela mesma noite e subi para Santa Teresa. Um amigo, Tomás Anselmo, comemorava seu aniversário e a promoção que acabara de receber no jornal onde trabalhava, o maior da cidade. Cheguei pouco depois de uma da manhã, quando o lugar já estava imerso numa nuvem de maconha, birita e euforia.

Anselmo abriu a porta de casa, me deu um abraço e perguntou:

— Que toma, doutor?

Brindamos os parabéns com vinho. O Tomás era um amigo de muitos anos, muito cioso das suas relações na imprensa e com a vida artística local. Costumava me apresentar com nome e sobrenome nas rodas de seus conhecidos repórteres, artistas e, de vez em quando, executivos, agora que tinha galgado o posto de editor. Informava-me sobre as últimas dos redatores, dos proprietários, dos colaboradores e dos alcaguetes. Sabia a tiragem de cada um dos grandes jornais e revistas e a audiência de suas páginas da internet. Quanto mais se inclinava para os negócios, coisas de dinheiro e especulações políticas, menos era capaz de manifestar qualquer ideia original. Eu não ajudava. Também perdia tempo com política e não negava a minha curiosidade sobre aquele salão. Fazia tempo que não trocávamos palavra sobre qualquer livro.

Ao redor dos mesquinhos conhecidos cuja presença Tomás ostentava como um prêmio orbitavam suas jovens respectivas, cada uma bela e agradável à sua maneira, decorativas como um guarda-chuva num coquetel de frutas. Eram designers, produtoras, desenhistas de moda e galeristas e tinham um apego irresistível às aparências, além de apelidos monossilábicos como Bi e Lu. Começavam seus encontros elogiando-se efusivamente, para logo comparar seus acompanhantes em silêncio — os homens pulavam os elogios, apenas checando decotes e rabos alheios de forma cada vez menos discreta.

Muitas das bem crescidas mulheres que circulavam por essas rodas da zona sul do Rio de Janeiro morariam com os pais até que um homem as tirasse de casa. O propósito semioculto de que alguém as emancipasse fazia com que tivessem traços de personalidade de mulheres do século retrasado, o que tentavam esconder sob um feminismo de Facebook e doses cavalares de moda e rebolado na pistinha de deep house genérico.

Completavam as rodas tipos como um fotógrafo grisalho, um francês bronzeado, um tocador de repinique barrigudo, um poeta de apartamento, um professor universitário com caspa nos ombros, o sobrinho simpático de um senador mafioso, um grafiteiro conceitual, um ensaísta de província, um diretorzinho de boné, um contratado da televisão, um colunista de jornal — o circo usual de cretinos periféricos unidos pela mesma autoestima delirante e inversamente proporcional às suas realizações.

A maioria desses personagens não costumava subir até essa parte íngreme de Santa Teresa ou mesmo do Centro, eram como Natividade e Perpétua indo à cabocla no Morro do Castelo em *Esaú* e *Jacó*. Mas ali estavam atraídos pela recente mudança de Tomás, migrado de Ipanema para o gigantesco apartamento com vista para a baía de Guanabara.

Formávamos uma inteligência barbada e vagamente *artística*. Estávamos todos muito envolvidos com o artístico, embora ninguém ali pudesse reconhecer o que era arte. O escasso talento presente naquela sala seria em pouco tempo inteiramente corrompido pela cidade — milhares aportavam no balneário a cada ano para ter as esperanças moídas e a alma vendida a varejo para o canal de TV ou alguma produtora audiovisual desta ascendente e provinciana Hollywood que se acreditava o centro de alguma coisa.

Naquele Rio de Herdeiro, bolsa de capital social onde todos eram afilhados, filhos ou protegidos de alguém, meu brilhareco de escritor publicado era visto com curiosidade e certa condescendência. Eles sabiam que eu não tinha vínculos cartoriais ou de nobreza. E tampouco algum tostão.

Falava-se muito. Nosso aparente autofascínio escondia um espírito de competição, uma hostilidade latente. Em todas as conversas havia o desejo de mostrar-se mais feliz, mais saudável, mais adaptado, mais jovem, mais bonito, mais sofisticado e mais caro. Melhor. E sempre naquele *agora* um pouco adiantado ao tempo, no limiar entre o que já era e o que será, no instante anterior à adoção em massa. Na moda.

Assim, quando não falavam da alta dos preços dos aluguéis, essas rodas podiam passar horas a fio listando cafés biológicos (3 pontos), restaurantes orgânicos (5 pontos), praias privativas no Mediterrâneo (6 pontos) e casas de jazz (8 pontos) ou clubes clandestinos de música eletrônica (10 pontos) que só eles conheciam em terras estrangeiras. Os homens descreveriam receitas exclusivas de risoto com trufas (6 pontos), o intenso e amplo buquê do vinho californiano do mês (8 pontos), a qualidade da maconha hidropônica importada por cem euros o grama (10 pontos), as propriedades de um novo equipamento quadrafônico e valvulado de som recém-chegado da Inglaterra (15 pontos). As mulheres falariam de suas aulas de Hatha (3 pontos), Ashtanga (6 pontos), Bikram (10 pontos) e outras variações de ioga, de como as roupas estavam baratas na Top Shop em Nova York (5 pontos), como furaram a fila para a bolsa-desejo da última estação na Céline em Paris (20 pontos), da dieta bem-sucedida do verão (10 pontos), da sua obsessão pelo redesenho de partes específicas do corpo (15 pontos), dos orgasmos conquistados nas últimas semanas (20 pontos) e, claro, dos filhos que tinham (500 pontos) ou pretendiam ter (-500 pontos).

Os filhos eram parte indispensável dessa busca pela perfeição e pela vida fabulosa que queriam conquistar. Muitos desses casais, por volta dos trinta e poucos anos de idade, começavam a se multiplicar como coelhos em ondas simultâneas. Logo trocariam suas fotos de perfil nas redes sociais por imagens dos bebês que, nos anos seguintes, se transformariam no centro gravitacional das suas vidas, dos seus desejos e das suas personalidades. Até que, em algum ponto da adolescência dos filhos, vissem sua fantasia de controle ruir.

No entanto, bem antes de sentir-se órfã do filho que teve, a mulher que conquistasse esse requisito seria calorosamente invejada, em silêncio pouco discreto, pelas outras sem-filho. Para elas, *L'enfant-roi* não apenas sacramentava a utilidade final dos seus úteros, trompas e tudo o que os acompanhava, mas também a aparente tomada definitiva do marido, o sonho do homem-próprio recém-conquistado — mesmo que depois tivessem que fazer terapia de casal e desejassem o marido ou a mulher do próximo.

Para fugir desse roteiro, eu adiava planos com a minha mulher e, naquela mesma semana, quando falávamos de mais um casal que anunciava sua prole, informei, distraído, enquanto passava um café e ela fritava um omelete:

— Se você engravidasse, eu te pediria para fazer um aborto.

Ela engoliu o choro.

Na festa, eu bebia encostado numa parede e via os casais se distraindo dos seus acordos de fidelidade.

Estava sozinho naquela noite, o que me permitia observar de fora o desvio das conversas, já envoltas numa sombra turva e nebulosa de bebedeira, para o tema da orgia, da suruba, do casal liberal, de quem faria um ménage à trois com a amiga atriz — sempre havia um inesgotável estoque de atrizes belas e disponíveis nos sofás do Rio de Janeiro — ou mesmo uma troca com o casal sentado ao lado. E, então, os homens permitiríamos que nossas mulheres se beijassem e seduzissem os demais com calculada liberdade, para depois voltarmos para casa a roncar ao lado das companhias de sempre. Aquele mundanismo não costumava ultrapassar palavras e olhares, com a exceção de esporádicas visitas a boates de burlesco e swing que frequentávamos com a expressão antropológica de velhas francesas em excursão à África Colonial.

Aqueles jovens casais de sucesso dissolveriam-se pouco a pouco na modorra de suas produtivas e bem adaptadas rotinas, até seus divórcios serem negociados em termos *saudáveis*, como tudo deveria ser. Eles prolongariam seus matrimônios ao limite das suas possibilidades pelo simples medo de que seus parceiros pudessem ser felizes com outra pessoa, alguém que fosse a antítese das suas limitações.

Ou pelo menos era o que eu fazia na época. Era insuportável a ideia de que minha mulher pudesse ser feliz com outro homem. Eu não conseguia transformar o *maior amor da minha vida* em algo deste mundo ou mesmo num interesse concreto. Ainda não a havia largado apenas porque a considerava minha propriedade.

Tudo acaba. A merda é que depois continua, eu pensava, até que os dois terminassem como dois soldados exaustos, perdidos, lutando do lado do inimigo.

2

Empunhando um telefone dourado, um jovem adulto mostrava as fotografias de seus dois últimos lares em diferentes continentes:

— Exatamente o mesmo apartamento.

Aquela era uma bolha com pretensões cosmopolitas. As conversas, modas e bebidas, em festas como a do Tomás e nos bares e clubes correspondentes a elas, tentavam ultrapassar a geografia. Quando cheguei, um grupo de executivos comentava suas temporadas em megalópoles financeiras. Mudavam de casa entre Londres, Hong Kong ou Nova York sem hesitar, como o fluxo flutuante de capital que administravam. A cada novo endereço, usavam um serviço que lhes arranjava desde a decoração da casa até a escola inglesa das crianças e uma lista aprovada de restaurantes de cozinha internacional e lojas de design.

— Ela achou um imóvel com o formato igual ao anterior. E mandou refazer o piso, sem que pedíssemos, para que *match* com o que tínhamos no Upper East e os tapetes.

A sala em tons de cinza, o sofá Chesterfield de trinta mil dólares, a poltrona Charles Eames *original*, a luminária em formato de refletor de cinema, o tapete irônico de zebra. Dentro do circuito que ansiávamos frequentar, o mundo era algo semelhante a isso: um bar de hotel, uma casa da *Wallpaper*, um ensaio de moda da *Monocle* com a trilha sonora de uma playlist da *Pitchfork*. A estética domesticada que transformava endereços *Time Out* em McDonald's do cool e expedições à Somália em turismo exótico por publicações como a *Vice* era consumida com avidez por esses agentes do capitalismo e pela parte menos hábil para o trabalho dessa jovem boemia — a maioria de nós naquele apartamento, então trabalhando como freelancer em comunicação, publicidade, jornalismo, TV ou nas margens do mercado editorial e do mundo acadêmico.

Esse segundo grupo, como dispunha de tempo e não obedecia horários de escritório ou de bolsas asiáticas, relia romances de Bolaño com lupas, acalentava vagas inquietações metafísicas, estocava discos de vinil em casa e frequentava festivais de música pelo mundo — uma vez por ano, quando a cotação do dólar permitia. Era uma forma de se sentir menos miserável ao lado de quem desfrutava do dinheiro e do poder ao qual nunca teriam acesso. Ao menos lhes restava comprar identidade com um gosto supostamente original e *independente*.

Enquanto alguns se concentravam no que comprar, a preocupação dos estrangeiros que frequentavam as festas do Rio pré-olímpico era precisamente a oposta. Em tempos de crise europeia, impressionava o número de jovens portugueses e espanhóis dispersos por esses salões, falando em voz baixa e cuidadosa com os brasileiros prósperos e estabelecidos.

— Estou cá a prospectar.

— *Sí, un taller de arquitectura.*

— *Lá en el alto del Vidigal. Bien lá no topo.*

Eram como os ingleses bem-vestidos e com cara de fome no jardim de Jay Gatsby. Sem dúvida, tentavam vender alguma coisa — ou a si mesmos. Pareciam fantasiar com a quantidade de dinheiro que rolava solta naquela vizinhança e estavam convencidos de que tudo seria deles mediante poucas palavras no tom certo. Bando de otários. Mas era difícil culpá-los. Em 2011 o céu andava azul-turquesa como uma nota de cem reais, e uma oferta aparentemente ilimitada de riqueza e gente chegava ao Rio de Janeiro sob a nuvem inebriante de poeira levantada pelas novas construções.

Não apenas o Tomás e seus amigos financistas comemoravam, mas também os grandes empreiteiros, os conglomerados de comunicação, os concessionários públicos de transporte e serviços, os célebres ilusionistas midiáticos exploradores de commodities alavancados no capitalismo de Estado, os condes da burocracia estatal e, por fim, a classe política, agente e sócia do dinheiro que a empossava. Andares abaixo, todos nós esperavámos por alguma migalha grudando no dorso desses tubarões como rêmoras famintas — unidos por um enorme e aparentemente incondicional talento para a esperança. Entre a primeira e a segunda década do século XXI, o mesmo processo econômico que fez os preços dos imóveis se multiplicarem por três ou quatro transformou o real na moeda mais sobrevalorizada do mundo. E, na cozinha do apartamento, um homem de calça cáqui agora dava conselhos a Tomás Anselmo girando o dedo num copo de uísque com soda e muito gelo:

— Olha, meu caro, se eu fosse você, jogava todo o investimento no DI e a rentabilidade naquele fundinho de ações. Eu tenho conversado com o pessoal do Factual e eles têm sido obscuros sobre o mercado, então é papo de proteger o seu principal e só tirar a rentabilidade de um fundo de renda fixa.

Menos informados, nativos de todas as idades arregaçavam as gengivas para repetir orgulhosos as manchetes do *New York Times* e do *Guardian* sobre o aumento do custo de vida no país — sem desconfiar ou esquecendo propositalmente que a abundância de dinheiro era a mesma que financiava empréstimos de risco e os negócios de megapicaretas célebres, e que drenava a competitividade da indústria. Quando a *Economist* publicou, em novembro de 2009, pouco depois que o Arcanjo Gabriel anunciou a Profecia Olímpica, que o Brasil em algum momento da década "posterior a 2014" seria a quinta economia do mundo, superando o Reino Unido e a França, que o único risco do Brasil dali em diante seria o orgulho excessivo, que o Brasil, ao contrário da Índia, não tinha conflitos étnicos e insurgentes, que o Brasil, ao contrário da China, era uma democracia, e, ainda, que o Brasil, ao contrário da Rússia, exporta mais que petróleo e armas, acreditou-se que o futuro do país do futuro do pretérito havia chegado.

Anos depois, o mesmo Tomás Anselmo diria na sua pose de burguês tomador de uísque e intelectual especulativo:

— A edição da *Economist* com o Cristo Redentor decolando na capa foi o início da nossa derrocada. Eles penduraram essa revista nas paredes dos escritórios da cidade inteira, como um quadro num altar. A maioria nunca leu o especial de vinte páginas sobre o futuro mágico do Brasil, mas tinha aquilo enquadrado. Que semanas e que meses: havia manhãs naquele tempo! Aceitaram aquela matéria como uma teofania, como se tivesse sido escrita não por um grupo de jornalistas gringos com tentáculos ligados aos fundos de investimento do próprio Belzebu, mas por um apóstolo em êxtase transcrevendo a voz de trombeta de Deus lhe narrando o paraíso e mandando que enviasse o texto às Sete Igrejas da Ásia. Acreditamos naquele momento que estávamos condenados à prosperidade. E, infelizmente, esse não foi o nosso último ato ingênuo. Antes a puta da *Economist* tivesse reproduzido em suas páginas sobre o Brasil o apocalipse de São João, já que agora as coisas antigas desapareceram e tanta gente enxuga dos olhos toda lágrima, disso não há dúvida.

3

O grupo reunido naquela festa, um bom exemplo do panorama virtuoso e *inocente* do início dos anos 2010, era o que eu e minha mulher mais frequentávamos naqueles tempos.

Ainda que víssemos como defeito quase tudo o que eles encaravam com orgulho, fizemos amigos de circunstância no círculo de casais bem-sucedidos próximos ao Tomás, gente com quem saíamos para jantar e, eventualmente, em excursões de fim de semana para o sítio de algum deles na serra ou na região dos Lagos, onde bebíamos vinho *rosé* no deck de um iate como se o iate fosse nosso.

Havia algo de fascinante e opressivo nesse grupo de amigos, quase como se formassem uma família incestuosa cheia de segredos. Às vezes me era permitido conhecer alguns desses mistérios. Como naquela noite, quando Tomás me puxou pelo braço e disse, sério:

— O Pedro fez o shoshomi.

— Shoshomi?

— É. Não é incrível?

— O que é shoshomi?

Entramos na cozinha. Metidos numa operação clandestina estavam o Pedro, um redator publicitário, e sua mulher, uma loura premiada e bastante gostosa, herdeira de uma família que grilou terrenos da União na área do Porto. Maria usava um vestido vermelho e sapatilhas de bailarina amarradas nas panturrilhas. Sentada sobre uma bancada de mármore, ela olhou para nós e disse para o marido, sem esconder a irritação:

— O Cuenca precisa saber?

O Pedro fingiu ignorar o que ela disse e nos pediu para ficar do lado de trás da bancada que ocupava o centro da cozinha. Dali, eu e Tomás víamos a nuca lisa e muito branca da Maria, um hashi em diagonal prendendo o coque que concentrava seus cabelos finos e dourados num novelo sobre a cabeça, e o Pedro agachando-se frente a ela como um desastrado obstetra.

A Maria então abriu as pernas, pousando as plantas dos pés sobre a mesa.

— Que porra é essa? — eu cochichei.

— Eles fizeram! Meu presente de aniversário...

Tomás não conseguia conter o entusiasmo. O shoshomi, logo me explicaria, é um sashimi marinado dentro da xoxota de uma mulher. A peça cilíndrica de peixe branco deveria ficar ali por três a quatro horas antes de ser retirada, cortada e servida. A mulher, durante esse tempo, deveria beber apenas saquê — não comer nada, tampouco ir ao banheiro.

— Saquê gelado. Ela também deve ficar numa sala com ar-condicionado.

— Por quê?

— O peixe pode cozinhar demais. Ele precisa ficar apenas semicozido, quase como um tataki.

Aparentemente, os dois haviam seguido à risca as instruções e, depois de um rápido estremecimento nos ombros da Maria, o peixe já flutuava sob a luz fluorescente da cozinha nas mãos em concha do Pedro e depois na mesa. Os olhos do Tomás brilhavam.

— Posso? — ele perguntou ao marido antes de cheirar a peça com satisfação e tirar uma faca brilhante da gaveta, com a qual cortaria com precisão os pedaços de shoshomi. Nós quatro fomos os primeiros a provar a rara iguaria — o peixe estava tão fresco que parecia vivo, desmanchando-se pelas laterais da nossa língua. Na sala, ajudei a servi-lo aos desavisados convidados — o segredo fazia parte do arranjo. Todos disseram ser o melhor sashimi que já tinham provado:

— É como se fosse o próprio oceano.

4

Depois do prato exótico, um grupo de sambistas de meia--idade entrou no apartamento entoando uma versão acelerada de “Parabéns pra você” enquanto a mulher do aniversariante carregava uma torta com velas acesas. Batemos palmas com um ar irônico e logo os músicos sairiam dali com as sobras do bolo em guardanapos de papel, sem gorjeta e cabisbaixos, como mariachis peripatéticos da praça Garibaldi.

A noite avançou. Foliões usando acessórios egípcios, com purpurina dourada pelos corpos seminus, surgiram desgarrados de um bloco na Lapa e deram início ao segundo ato da festa. Houve dança, compartilhamos alcaloides e a cerveja acabou. Muitos se despediram e, quando percebemos, éramos íntimos. A luz ocre dos postes entrou pela janela sobre a copa das árvores, dando um tom sépia ao ambiente sob o som do toca-discos que agora repetia, incansável, o lado de um disco do Caetano Veloso. Garrafas de bebida acumularam--se ao lado de pratos vazios de antepasto sobre o tampo da mesa de jantar.

Era chegada a hora de ser *engajado*. Para não parecer que a paixão de gerações anteriores por política, cinema e literatura de ficção tivesse sido totalmente transferida para turismo, natalidade e produção artesanal de cerveja, outros dos temas recorrentes nessas rodas, especialmente quando jornalistas como o Tomás e franco-atiradores como eu estavam presentes, eram a corrupção de nossos líderes, a hipocrisia e a esperteza dos nossos oligarcas e, finalmente, a indigência da nossa imprensa.

— Em tempos de farra pré-olímpica, especialmente íntima e generosa com a nossa cimentocracia cleptocrática etc.

Nossos líderes, *nossos* oligarcas e *nossa* imprensa. Apesar de a maioria naquela sala não lucrar um centavo com o esquema, havia nessa indignação algo de fascínio e até admiração. Aqueles eram os *nossos* corruptos, afinal, e sobre eles falávamos alto e improvisávamos com o brilhantismo de quem flutua sobre a reles humanidade. Éramos jornalistas e intelectuais da nossa cidade, gente cuja ideologia encontrava seus limites em ameaças de demissão ou aumentos de salário, mas que fora dos horários de expediente traduzia-se num fervor revolucionário. Ainda que todo aquele antiautoritarismo acabasse tendo a substância de um livro de mesa de centro.

Naquela noite, para expor sua posição diante da plateia, eu tentava convencer meu amigo editor a publicar uma matéria sobre o pedido de cassação de nosso olímpico prefeito que o Ministério Público tinha feito na semana anterior, sem que nenhum jornal local reproduzisse uma única linha sobre o tema. Estávamos junto a um pequeno grupo de casais eleitos no quarto que ele dividia com a namorada, Marta, bebendo uísque com gelo e girando um baseado de skank.

— Purinho, hein?

— Cheiroso.

— Soltinho.

— Purinho...

Nos intervalos desse diálogo, eu tentava lembrar o Tomás de que a ação civil pública do MP acusava a prefeitura, com abundância de provas e testemunhos, de promover a remoção compulsória e violenta de moradores de rua com o uso de cassetetes e armas de choque por guardas municipais no contexto da operação chamada "Choque de Ordem". Havia também denúncias de tentativa de assassinato incriminando agentes da prefeitura. Na maioria das vezes, os mendigos acabavam, contra sua vontade e a lei brasileira, em abrigos insalubres já lotados por pacientes psiquiátricos sem cuidado médico ou registro. Lá encontravam condições precárias de higiene e tinham a liberdade de continuar a se drogar até a morte, se fosse este o caso, longe das calçadas da zona sul da cidade.

Tratava-se de um arranjo bastante conveniente — mais um sobre o qual flutuávamos como anjinhos fumando charuto no topo de um painel renascentista.

Afinal, não era tão ruim assim. Eu mesmo já acordara certa madrugada com o choro da minha mãe depois que um morador de rua invadiu nosso apartamento do segundo andar. Entrou pelo basculante direto no quarto dela. Depois de dar-lhe um tapa, o homem negro de camisa vermelha trancou-a e veio para onde eu dormia. Ele abriu meu armário, levou roupas, alguns brinquedos e uma pastinha com papéis. Pulou pela janela antes que eu despertasse. A polícia só chegou na manhã seguinte.

O sujeito ficou morando por semanas na esquina com uma criança que parecia ser seu filho, agora vestida com minhas roupas, nele bastante apertadas. Sempre apareciam à noite, para dormir sobre um lençol na frente de um casarão semidemolido. Às vezes vinha uma mulher, e todos dormiam abraçados. Talvez por isso minha mãe não quisesse dar queixa.

Eu tinha sete anos e ficava espiando o homem e seu filho pela janela, fantasiando como matá-los.

Certa vez tentei pegar uma faca de cortar pão para botar sob o travesseiro e a velha Sebastiana não deixou.

A senhora que soava devagarinho na meia-noite era a empregada doméstica que dormia no pequeno quarto aos fundos do apartamento de 70 metros quadrados — a família endividada dava-se ao luxo. Sua mãe, que trabalhou para os meus bisavós, nasceu escrava. Sebastiana foi babá da minha mãe, tinha cerca de setenta anos, perfume de água sanitária e, na cabeceira, o *Livro dos espíritos* — mas também acreditava em orixás e no curupira. Ela prometeu evocar o demônio anão de pés invertidos para matar o ladrão e me botou para dormir.

Passados trinta anos do episódio banal, o voto de eleitores com a consciência política de uma criança reativa elegeu duas gerações de prefeitos alavancados por um projeto de higienismo social que fez da Guarda Municipal carioca a maior do país. Não por acaso, seus primeiros agentes foram aprovados, em 1993, num processo seletivo realizado pela Comlurb — a companhia de lixo da cidade. Vinte anos depois, a guarda teria um orçamento maior que o de onze secretarias municipais juntas, incluindo a da Fazenda e a de Transportes.

O secretário de Ordem Pública que comandou o tal "Choque de Ordem", metido com grupos de extermínio e aliado histórico do prefeito, acabaria afastado por receber propina de uma ONG que tinha sido contratada para administrar abrigos e centros de acolhimento de viciados — o dono da tal organização era um miliciano ex-major da Polícia Militar com 42 mortes nas costas. Aos amigos naquele quarto, eu tentava relacionar o caso a um mal muito maior, o extermínio diário de jovens negros nas favelas brasileiras sob o pretexto da guerra contra as droguinhas que consumíamos naquele apartamento. Afinal, eu dizia, a política antidrogas apenas servia para perpetuar as funções originais da PM carioca, fundada durante o Império, em 1809: caçar e matar negros, então escravizados.

— Higienismo! Genocídio! Apartheid! Ele fica tão fofo quando faz o ideológico angustiado. Imagina se fosse malnascido... — Marta apertou minha bochecha, dando uns passinhos em direção à cama do casal. — E todas essas informações históricas!

— Se fofo for um eufemismo pra chato.

— O tempo de repente começou a ralentar. A gente até esquece por que está aqui.

— Tá tudo documentado. É matéria para um repórter seu ganhar prêmio, Tomás — insisti, e eles voltaram a sacanear.

— Um Pulitzer?

— Em defesa do lumpemproletariado?

— Dá logo a porra do Prêmio Nobel pro cara.

— Cadê aquele correspondente do *Guardian* que estava tentando comer a Camila?

Fazia sentido que o Pedro chamasse o inglês. O jornal onde Tomás trabalhava preferia sempre publicar, no topo e em destaque, uma cobertura apologética sobre o "Choque de Ordem" e a ocupação das favelas pelas Unidades de Polícia Pacificadora ou pelo Exército Brasileiro, com o mesmo tom dos releases sobre a Guerra do Iraque escritos pelos redatores do Donald Rumsfeld. E, disfarçados de jornalismo, panfletos imobiliários com o tom deslumbrado de uma publicação cada vez mais desconectada da realidade. Dentro das suas fronteiras, era fácil e prático ignorar os direitos civis negados e os favelados, negros e pobres desaparecidos ou assassinados pelas forças do Estado, transformando-os em *Homo sacer* contemporâneos. O quadro havia piorado nos últimos anos: ameaçado pela internet, em troca de dinheiro e influência o veículo se lançava num abraço escancarado com anunciantes e grupos políticos que mandavam no Estado e na cidade, perdendo credibilidade e afugentando leitores.

— Essa do *Homo sapiens* foi foda. E toda essa conversinha de centro acadêmico. Ô, Raquel, vamos tomar um ar? — Marta disse, e saiu do quarto com a amiga a tiracolo.

Voava pelo quarto uma bolinha de led que trocava de cor. Um grupo a jogava de um lado para o outro através de um ventilador de teto. Riam, chapados, enquanto Tomás Anselmo confirmava que tinha recebido por e-mail as páginas iniciais do processo sobre o sequestro dos moradores de rua e achava tudo aquilo um absurdo. Ao que eu insisti, ele virou o copo com nervosismo e disse:

— Porra. Você sabe qual é o único grande jornal do Brasil que não tem uma grande demissão há anos? — mordeu a isca.

— Muda logo o nome do seu jornal para *Diário Oficial do Estado*.

— O jornal não é meu.

— O governo ou a prefeitura não podem processar o seu jornal por publicar peças de um processo do Ministério Público ou por denunciar violência policial.

— É mais complexo que isso. E você sabe.

Era um velho número nosso da época da faculdade. Eu era obcecado pela maneira como os jornais cariocas contribuíam para mascarar a realidade por meio de manipulações grosseiras, como os diários americanos de William Randolph Hearst ou a imprensa burguesa vienense no início do século XX, a mesma gigantesca influência política e financeira numa estrutura notoriamente corrupta. Mas ficamos adultos e, enquanto eu tentava pagar minhas contas e acreditar que era um escritor,

Tomás se transformava num dos principais editores de uma publicação cujo maior propósito era glorificar os valores da zona nobre da cidade e defender essa bolha de riqueza dos milhões de bárbaros que viviam fora dela. Eu o chamava de Guardião da Fortaleza. E ele me chamava de Motorneiro do Zeitgeist:

— Meu amigo Motorneiro, nesta semana eu tenho três reuniões com secretários que controlam a grana de publicidade de dois prefeitos e um governador. Eu vou nessas porras com o comercial porque sou o único cara que sabe defender o jornal. Os outros que me acompanham falam de ações publicitárias. Mas, se eu não for, as tratativas não começam. Porque os caras querem falar com quem noticia.

— Com quem noticia? E vão logo falar com você?

— Acho que você está precisando arrumar um emprego de verdade, João.

— Vai se foder, pelego de aquário.

Eu estava mais hostil que o normal, efeito da tarde estranha na rua da Relação e do fernet com Coca-Cola. A mulher do Tomás voltou ao quarto nessa hora e interrompeu a conversa, talvez por notar a mudança de humor do marido — sua careca costumava corar em situações como esta. Como eu estava sozinho, ela perguntou da minha mulher. Melhor dizendo: perguntou onde ela estava. Essas perguntas sempre vinham acompanhadas de um sorriso irônico que eu julgava insuportável.

— Ela está em casa — respondi.

— Por quê?

— Cólica — eu não queria dizer que ela simplesmente queria ficar em casa, que não queria sair comigo, que não trepávamos há semanas, ou todo o resto.

— Entendi. Manda um beijo pra ela, viu?

— Assim que eu chegar em casa, Martinha.

Outro casal juntou-se a nós, este com um bebê de seis meses em casa e a mulher já novamente grávida, o que fez o baseado desaparecer como se alguém o tivesse engolido. A mãe começou a falar, culpada e miserável, porque era a primeira vez que saía à noite desde o nascimento da criança, e tinha deixado a filha com a avó e a babá, e estava ligando para casa o tempo inteiro, e não via a hora de voltar correndo para a filha, como se não fosse a bebê que precisasse dela, e sim o contrário.

— Ela ainda é tão indefesa.

Enquanto nossas sobrancelhas uniam-se num arco de solidariedade postiça, o marido trouxe uma garrafa de uísque. Brindamos — menos a lactante e grávida mãe. Fiz uma piada sem graça sobre álcool, gravidez, leite e infância que ela recebeu com um sorriso de desprezo e o pai com uma gargalhada nervosa e um tapa nas minhas costas — e então ouvimos o som grave do estrondo pela janela.

Fomos para a sala e logo vieram outras explosões. Depois de um breve silêncio, um convidado gringo perguntou se era uma tempestade. Foi o Tomás quem acusou o golpe ao ver a copa das árvores iluminadas pelas sirenes vermelhas das viaturas subindo a ladeira:

— É o BOPE. Tem um caveirão subindo o morro.

As duas favelas próximas daquele apartamento estavam ocupadas por Unidades Pacificadoras da Polícia Militar, mas *a pax* armada imposta pelos novos quartéis instalados nas comunidades não era definitiva a ponto de excluir um eventual acerto de contas. As trocas de tiro entre facções de narcotraficantes e policiais no alto dos morros não haviam desaparecido por completo da cidade recém-pacificada.

Muitos de nós ali passamos a adolescência vendo pelas janelas o traçado de balas de fuzil que, junto ao eco grave dos bailes funks, era o lembrete constante de que havia outro mundo iluminado e proibido, uma Faixa de Gaza sem muros pulsando sobre nossas cabeças. E talvez por estarmos acostumados a esse tipo de casualidade, reagimos com elegância extravagante aos balaços que não paravam de estourar pela rua. O anfitrião delicadamente pediu aos fumantes que evitassem a janela. A Marta aumentou o som e mandou abrir as garrafas de prosecco.

5

É uma grande vantagem não beber quando se está entre pessoas que exageram na dose. O homem sóbrio enxerga o salão do alto do seu raciocínio inalterado, ganha olhos radiológicos para o teatro que esconde a perversidade dos seus atores. Atravessa as rodas incólume, sem vacilos de comportamento ou caráter. E, quando deseja cometer um eventual ato de transgressão, sabe o instante certo para o bote — quando todos estão alterados o suficiente para ignorá-lo.

Infelizmente esse nunca foi o meu caso, mr. Gatsby. Onze acertos nas doze perguntas do AA.

Fui ficando estrondosamente bêbado e o centro da festa — ou, pelo menos, o que eu considerava como tal — passou da sala para os longos corredores e depois para outro quarto ao fundo de tudo, um escritório monótono com estantes repletas de livros intocados pelo casal, belas edições da Gallimard e da Anagrama, algumas ainda envoltas em plástico. Em algum momento intermediário dessa migração, na porta de um banheiro, contei para o Tomás Anselmo o episódio policial com o qual tinha me envolvido naquela mesma tarde, que já parecia fazer parte de outra vida.

— Você só pode estar de sacanagem, Cuenca.

Ele se convenceu quando mostrei as fotos do Registro de Ocorrência nº 005-0591/2008, do Guia de Remoção de Cadáver nº 042435-1005/2008 e do Laudo Cadavérico nº 04331/08, que tinha tirado com o celular depois de levar parte do inquérito policial para casa.

— Então você morreu, mesmo.

— Morri.

— Puta merda, João, que maravilha!

— Você acha engraçado?

— Engraçado, não. É que para um escritor é sempre bom morrer.

E me deu um abraço em armistício. Começamos a listar alguns escritores brasileiros mortos precocemente: Álvares de

Azevedo, 20, Castro Alves, 24, Augusto dos Anjos, 30, Manuel Antônio de Almeida, 30, Antônio de Alcântara Machado, 33, João do Rio, 39, Lima Barreto, 41, Euclides da Cunha, 43. Nesse contexto, os que chegaram aos 56, como Clarice Lispector, Lúcio Cardoso e José Lins do Rego, eram realmente idosos. Tomás gargalhou:

— Mas, pelo menos, esses aí deixaram obra, né? Você morreu sem ter escrito porra nenhuma!

Fomos interrompidos pela chegada de uma ruiva de vestido curto preto e meias na altura da coxa, que me puxou pela mão e me levou para o escritório. Anselmo sorriu como um beato até desaparecer na extremidade iluminada do corredor.

Lá dentro, éramos eu, uma atriz, um poeta, uma jornalista de cultura e um dramaturgo. A atriz era parcialmente famosa, o que lhe conferia a efervescência brilhante e discreta dos parcialmente famosos, o poeta tinha ganhado um prêmio de poesia da Biblioteca Nacional havia alguns anos e depois mais nada, a jornalista de cultura era loira e tatuada nas ancas, e o dramaturgo era estranhamente talentoso. Era um grupo *boho* e meio bissexual que requeria a minha presença.

A porta foi trancada. Um deles ligou um telefone celular ao aparelho de som e logo ouvimos o grave de um baixo elétrico a vibrar entre os compassos de um teclado encharcado de reverb e uma batida minimalista. Depois alguém enfiou o dedo molhado com cristais de um pó branco e muito amargo na língua de cada um de nós. Como bezerros famintos, chupamos o MDMA do jovem dedo do jovem artista, inclusive debaixo das unhas, até que não houvesse mais nada, e logo comecei a notar que todos eles começavam a tirar a roupa e que eu não conseguia mais ficar de pé sobre os cacos de vidro e as poças de vinho no chão.

Ao nosso redor, o sistema em desequilíbrio do apartamento seguia em ruidosa desordem, os prósperos e belos casais a mergulhar em seu programado turbilhão de excessos, o volume da música na sala e na pista privativa que inaugurávamos acompanhando o estrondo dos tiros distantes — e esses já não incomodavam mais ninguém. No alto de tudo, estrelas explodiam gerando supernovas e o tempo se estilhaçava: o esqueleto de prédio invadido da rua da Relação, 47, na Lapa, o dia 14 de julho de 2008, a Libreria del Cinema no bairro de Trastevere, em Roma, a cidade do Rio de Janeiro e todo o nosso sistema solar convergiam para um ponto negro, em que todas as direções do tempo se encontram e se anulam num instante puro e vazio.

Uma das mulheres tentou descalçar os meus sapatos, mas eu seguiria estirado numa poltrona pelo resto do espetáculo de nudez, fluidos e fricção, olhando a cena entre os dedos da minha mão direita como um Ricardo III aleijado e inútil.

6

Quase amanhecia quando saí furtivamente da festa, desci a ladeira e ultrapassei os carros de polícia que bloqueavam a via. O tiroteio tinha tréguas, mas os pipocos logo voltavam a estourar no alto do morro. Os guardas então se moviam lentamente entre as viaturas paradas, pareciam já dominar seu papel coadjuvante naquele conflito. Um deles me perguntou:

— Ô, meu irmão! De onde tu tá vindo?

Ignorei o policial e apertei o passo do meu corpo dormente ao mesmo tempo que o medo me fazia galgar alguns degraus rumo à sobriedade. Virei a esmo uma sequência de esquinas e cheguei aos Arcos da Lapa como um turista no banco do carro que dá voltas pelo amanhecer da cidade desconhecida. Havia uma multidão espalhada entre barraquinhas de comida sob toldos azuis, isopores de cerveja empurrados por tropas de vendedores, rodas de samba improvisadas na porta de boates cujo som se misturava ao funk das caixas de som na rua ou do porta-malas de carros estacionados sobre poças de mijo. A cacofonia das calçadas lotadas era a porta para o redemoinho obscuro de suspensão dos sentidos que diariamente sugava gringos e brasileiros de todas as procedências, para horas depois devolvê-los ao mundo mais pobres, doentes e tristes — mas eu ignoraria esses caminhos e logo estaria dentro de um táxi.

Pedi ao homem que me levasse ali perto, para a rua da Relação, entre a avenida Gomes Freire e a rua dos Inválidos. Ao que ele estranhou, eu completei:

— Depois vamos para a zona sul, Leblon.

No caminho, voltei a examinar as fotos dos documentos no celular. Dessa vez senti uma discreta pontada de felicidade. Sempre tive verdadeira aversão ao meu nome — era comum demais e existia essa coincidência católica que fazia com que todos achassem que era uma homenagem ao papa João Paulo II, sendo que na verdade ele surgiu um mês depois do meu nascimento. Sem falar que João era um nome impronunciável em qualquer língua que não fosse a portuguesa. No Brasil, o que envergonhava era o meu sobrenome paterno, Cuenca, o meu pouco refinado patronímico com sua sonoridade desagradável e dada a trocadilhos banais. O sobrenome da minha mãe, Vieira Machado, estava ligado a um avô velhaco que deserdara a mulher e os filhos em prol da família de aproveitadores da amante, uma viúva repassada por um colega de escritório. Meu outro nome, Paulo, era uma homenagem da minha mãe a um tio que havia se enforcado há menos de um ano na escadaria de um edifício em Petrópolis.

João Paulo Vieira Machado de Cuenca: aquelas seis palavras eram veneno para os meus ouvidos, e um lado meu sorria ao vê-las ligadas a um morto. Talvez aquilo significasse que eu, enfim, poderia enterrar aquele nome e começar a usar outro.

Quando chegamos à rua dos Inválidos, mandei o táxi encostar na calçada.

— Vou ali buscar uma coisa na portaria e já volto.

— Cuidado aí.

E vi o prédio. No primeiro relance, percebi que não era o recém-construído número 43 que meus olhos reencontravam, e sim o esqueleto de edifício invadido com um enorme tapume de compensado bloqueando a entrada — o número 47 riscado à mão ao lado de uma portinhola fechada com cadeado. Fui ao meio da rua e ganhei distância para observar melhor. O edifício não tinha fachada, com exceção do cubo de tijolos no primeiro andar e de uma janela de vidro improvisada no segundo, como se alguém houvesse erguido à revelia um par de cômodos no meio da construção interrompida. A sombra das vigas nuas ao amanhecer sublinhava o aspecto sinistro da estrutura abandonada.

Olhei para os prédios vizinhos — eram os mesmos que tinha visto de manhã, assim como do outro lado da rua estavam o prédio da Polícia Civil, o DOPS, as carroças de entulho, tudo como antes. Perguntei-me se aquela era a mesma rua em que estivera mais cedo, ao mesmo tempo que meus olhos procuravam o táxi com algum desespero — eu tinha perdido a noção de quanto tempo se passara e sentia que, se ele houvesse partido, perderia o único elemento que me ligava ao mundo de antes.

Mas o táxi seguia no mesmo lugar. Olhei mais uma vez para a silhueta do edifício e percebi uma luz de fogueira brilhando na laje do segundo andar. Mais não vi. Entrei no táxi e dormi até chegar em casa.

Dois dias depois, o jornal de Tomás publicaria, na coluna inferior direita de uma das páginas da editoria da cidade, ao lado de um anúncio colorido de um condomínio de luxo, a notícia de que naquela noite o BOPE tinha deixado sete mortos no morro.

INVESTIGAÇÃO

1

Encontrei os móveis ligeiramente fora de lugar por trás do movimento da poeira na luz da manhã. No quarto, a cama ainda quente sob os lençóis revirados. A cena era familiar: minha mulher tinha ido embora.

Sentado na cama, encarei as portas abertas do armário feito de compensado, os veios da madeira no fundo vazio, a pasta de veneno contra baratas nos cantos, os cabides inúteis, os sachês perfumados, um sutiã esquecido, o plástico colorido forrando o fundo das gavetas onde antes havia meias coloridas. Fechei aquelas portas imaginando que não voltaria a abri-las. A tristeza que deveria me acompanhar parecia estar isolada num membro do meu corpo que eu desaprendera a ter — de início, não senti nada. Talvez eu estivesse acostumado com aquela cena, já que algum sentido de lealdade doentio sempre me impediu de terminar qualquer relacionamento. De interromper qualquer coisa, na verdade. Sempre senti inveja dos presos cujas mulheres se sujeitavam à humilhação da fila da visita aos sábados de manhã. Elas não os largavam.

Dormi um sono profundo, sem os sonhos grotescos que costumam me acompanhar, e acordei quase à noite com um telefonema do Tomás:

— Porra, meu amigo, que cagada que você aprontou ontem, hein?

— Como assim?

Eu supostamente tinha dito todo tipo de desaforos aos presentes, dado um beijo de língua na mulher do Pedro, mijado na cabeça de uma Iemanjá de porcelana no canto da sala e atirado uns discos no chão antes de bater a porta com as calças arriadas na altura das canelas. E ainda, dentro do quarto que deixamos todo molhado de sangue e fluidos nos fundos do apartamento, efetuado umas transações sinistras que os participantes daquela suruba não quiseram revelar.

— A Marta até chorou depois. Por causa do que você disse.

Eu não perguntei o que eu disse. Ele continuou:

— Mas, ó, isso são águas passadas.

As águas, naquela época, passavam muito rápido. Meu amigo começou a falar do meu falecimento na Lapa. Aquilo daria uma bela reportagem, ele faria questão de acompanhar pessoalmente a história e quem sabe até contratar um detetive para apurar como o meu nome foi parar na etiqueta presa no dedão de um defunto no Instituto Médico Legal — de fato, queria justamente abrir o texto com essa imagem: a gaveta do necrotério com o meu nome.

— E talvez depois até um filme. Um documentário com você investigando a sua própria morte.

Capitalizar dessa forma uma história que, afinal, envolvia uma tragédia que não era a minha seria de um mau gosto tremendo e talvez o que faltasse para implodir minha já combalida reputação, mas julguei que o entusiasmo e o espírito prático de Tomás poderiam me ajudar a investigar a história. E, além da curiosidade, eu precisava de algo que me distraísse da minha recém-conquistada solidão. Resolvi me aproveitar disso sem dizer que, no fim de tudo, não pretendia autorizar a matéria. Também não contei ao Tomás que minha mulher havia me deixado — preferia atuar como se nada tivesse acontecido.

No dia seguinte fomos juntos à 5ª DP, na Lapa, mas o inspetor Gomes não estava. Quem nos atendeu foi outro policial que parecia ter algum problema de visão, pois sempre encarava um ponto entre as nossas cabeças.

— Você não esteve aqui nesse sábado à tarde?

— Sim.

— Você é o que morreu, né?

— Sou.

— E aí?

— Aí o quê?

— Eu que te pergunto. O que você tá fazendo aqui?

— Queria falar com o inspetor Gomes.

— Você descobriu alguma coisa?

— Não. Na verdade...

— Nós estamos aqui é para descobrir — o Tomás entrou na conversa. — Tem esse sujeito que foi identificado como morto, o Sérgio. E nós queremos levantar a ficha dele, saber os motivos que o falecido tinha para estar usando a identidade dele.

— Quem é esse aí?

— Eu sou jornalista.

— Ah. Jornalista.

O policial fez uma pausa. A palavra jornalista parecia causar-lhe um cansaço infinito.

— A gente não tem que saber tudo na vida, não. O doutor não está aí, vivão, com os documentos todos em ordem?

Então, pronto. Vai viver em paz o resto da sua vida — disse, e antes de sair completou: — Ou você está com pressa para morrer de *verdade*?

Tomás deu um tapinha no meu ombro e vaticinou, assim que deixamos a delegacia:

— Polícia é foda. Vamos agora ali no Santos Vahlis.

2

O Santos Vahlis é um gigante com 42 apartamentos e salas comerciais em cada um dos seus 23 andares na esquina da rua Senador Dantas com a avenida Chile, no Centro do Rio. Um dos primeiros arranha-céus erguidos perto do Largo da Carioca, no final dos anos 1950, época do desmonte do Morro de Santo Antônio, ele tem a forma perfeita de um A visto de cima, sendo o vão superior da letra o triângulo de espaço interno e circulação de ar entre seus estreitos corredores. O prédio é batizado com o nome de seu antigo dono, um célebre incorporador imobiliário que chegou a ter mais de 2 mil imóveis na cidade e cujo slogan no rádio era: "Quem faz casa sem milagre é Santos Vahlis".

Vahlis chegou a ser detido no DOPS da rua da Relação por escrever editoriais no *Correio da Manhã* a favor do presidente João Goulart. Na reforma urbana prevista por Jango, parte dos aluguéis pagos a incorporadores como Vahlis serviriam como prestação para compra do apartamento alugado, uma ideia que jamais chegaria a sair do papel. O empresário, que apoiava a medida, teve seus direitos políticos cassados pelo mesmo Ato Institucional nº 1 que derrubou Goulart em 1964.

Cerca de meio século depois da construção do prédio, os negócios que funcionavam por trás das portas do Santos Vahlis variavam entre consultórios médicos e de massagem, salas de partidos políticos, advogados, associações laborais, empresas de informática e escritórios de detetives — e foi atrás de um deles que subimos pelo elevador lotado até o 17º andar. Lá, fomos filmados por uma câmera sobre a porta com um letreiro “Detetive particular” acima da imagem de uma lupa gigante, um brasão com o emblema nacional da República Federativa do Brasil e o horário de trabalho: de segunda a sexta-feira, das 10h30 às 17 h.

Uma secretária girou a fechadura assim que Tomás tirou o dedo da campainha e nos recebeu na escura sala de espera com o protocolo silencioso de uma enfermeira. A impressão era que caminhávamos por um cinema antigo com o filme já começado, guiados por um lanterninha. Quando ela enfim abriu a porta do escritório do detetive, houve uma explosão de luz — as janelas abertas nos fizeram enxergar, num primeiro momento, apenas a sua silhueta. Tomás nos apresentou:

— Boa tarde, dr. Virgílio. Esse aqui é aquele meu amigo. O que morreu.

A primeira coisa a se observar na sala do dr. Virgílio eram as janelas, abertas para a avenida Chile. Dali via-se grande parte do centro da cidade, incluindo o prédio modernista Blade Runner matriz da Petrobras, com seus extravagantes jardins suspensos na estrutura vazada do edifício, e, esticando a cabeça, o próspero arranha-céu recém-construído usado pela mesma empresa, quase em frente ao prédio da rua da Relação, 43.

Sentamos e deixei sobre a mesa a pasta com o Registro de Ocorrência nº 005-0591/2008, o Guia de Remoção de Cadáver nº 042435-1005/2008 e o Laudo Cadavérico nº 04331/08. O dr. Virgílio ergueu a armação escura dos óculos sobre o rosto e começou a analisar os papéis. Ele era um homem de meia-idade, rosto e porte genéricos, e usava terno e gravata. Na sua mesa havia pelo menos meia dúzia de cadernos de anotações abertos uns sobre os outros, impecavelmente organizados, todos com folhas pautadas. Ao lado, uma pequena estante guardava uma coleção de corujas de porcelana, lunetas e máquinas fotográficas antigas, além de um pequeno monitor de TV que transmitia a imagem da câmera da porta intercalada com outras, instaladas em elevadores, corredores e na portaria do prédio, num zapping automático e monótono que revelava bonequinhos fantasmagóricos em preto e branco.

Eu os observava enquanto o dr. Virgílio lia o Registro de Ocorrência sem dizer nada, apenas tomando notas com uma caneta preta. Ele não parecia surpreso, ou, se estava, não deixava transparecer. Deve ter gastado uns dez minutos nisso, até que me perguntou, frio como um diagnóstico:

— Você já ouviu falar na síndrome de Cotard?

— Não.

— É curioso. Ontem à noite eu estava lendo sobre isso. Para você ver como as coisas são.

— E o que é essa síndrome? Como é mesmo o nome?

— Cotard. Jules Cotard era o nome do sujeito. É um neurologista francês que descobriu no século XIX uma síndrome em que as pessoas passam a acreditar que estão mortas. Ou que estão sem alguns órgãos internos. Ou que alguns deles estão podres. Antes de a doença ser batizada com o nome dele, ele a chamava de "le délire de négation", mas há quem chame de síndrome do cadáver ambulante. O fundo disso tudo é psicológico, claro.

Tomás riu. Nós o ignoramos. Lá embaixo, os automóveis freavam e aceleravam bruscamente, ouvia-se o seu grunhido distante na avenida. Eu não sabia aonde o detetive queria chegar.

— E quais são os sintomas?

— Alguns doentes têm paralisia parecida com *rigor mortis*, outros se negam a comer e chegam mesmo a sentir o cheiro dos órgãos apodrecendo. Há quem não sinta mais cheiro ou gosto de nada. É comum também o sujeito simplesmente parar de dormir.

— Parar de dormir?

— Os mortos não dormem. Não é verdade?

— Imagino que sim.

— O Cotard partiu do caso de uma mulher que se dizia sem cérebro, nervos, tórax ou entranhas, mas que ao mesmo tempo se sentia eterna e dizia que viveria para sempre. Quando você nega a sua própria existência, tudo pode acontecer.

— Isso tem algum fundo neurológico?

— Tem a ver com a síndrome de Capgras.

— Aquela do rosto?

— O problema é no mesmo lugar do cérebro. Quando o paciente deixa de reconhecer o próprio rosto, começa a se distanciar de si mesmo. Acaba se convencendo de que não existe ou que morreu.

— Que loucura.

— Mas o seu caso é mais concreto. Você tem provas materiais. Da sua morte, no caso.

Havia algo no detetive que sugeria um propósito desconhecido, como se estivesse ali não pelo dinheiro que pagaríamos, mas por hobby ou a mando de alguém. Seus traços mudavam de expressão conforme o assunto: às vezes ele se comportava como um psiquiatra, em outras como um promotor de Justiça ou mesmo o personagem de um livro. Mas nunca como eu esperava que um detetive de um escritório naquele prédio no Centro do Rio se portasse. A forma como articulava as palavras, os gestos controlados, as longas pausas, tudo nele sugeria uma artificialidade fora de lugar, como se ele fosse um ator. Às vezes, um mau ator.

— Você é psiquiatra?

— Não. Abandonei medicina na metade, quando decidi fazer direito. Hoje eu só leio sobre o tema. Tenho fascinação pelo recanto psíquico, o exame da patologia cerebral. As pessoas preferem ignorar o assunto, mas a quantidade de bipolares e esquizofrênicos que você cruza todo dia na rua sem saber...

— Eu sou uma das pessoas que preferem ignorar o assunto — Tomás disse, voltando à conversa.

— Uma em cada quatro.

— O quê?

— A estimativa. Uma em cada quatro pessoas tem uma doença mental.

— Ah, é?

— Ou três. Aqui no meu escritório essa proporção é um pouco maior. Esse escritório é um ímã de maluco.

Ele fez uma pausa e voltou aos papéis que tinha sobre a mesa. Sorriu para Tomás, como se lhe oferecesse um aceno de atenção ao mesmo tempo que parecia se perguntar o que diabos ele estava fazendo ali, que tipo de relação estranha nos unia, se éramos amigos, parentes ou até um casal. Percebi que ele e o detetive não eram íntimos, apesar da impressão contrária que meu amigo tentava impor. Perguntei-me como Tomás o conhecia. Talvez já o tivesse mandado investigar alguém para uma reportagem, ou mesmo a própria mulher, sendo um notório ciumento. Mas logo me desocupei desses pensamentos, pois o detetive se dirigiu novamente para mim:

— Como você está indo?

— Eu?

— Sim.

— Nenhum comportamento anormal?

— Não — ri. — Acredito que não. Por quê?

— É uma história esquisita.

— Isso é. Mas eu não enlouqueci.

— Eu não disse isso.

E ficou ali, me olhando por um tempo, até que voltou às suas anotações e assumiu um tom professoral no que parecia ser um novo capítulo da sua performance. As palavras revestiram-se de importância súbita:

— Senhores — longa pausa, caneta em riste. — As questões que nós temos que responder aqui são: o que Sérgio Luiz de Almeida Couto e Cristiane Paixão Ribeiro queriam esconder? Eles conheciam o escritor? Qual é a relação dos crimes que eles escondem em suas fichas com esse caso particular? Como eles conseguiram os seus documentos? Por que o homem morto só foi removido de casa um dia depois da sua morte? Por que o relatório de autópsia está datado mais de três meses depois da morte do homem? Por que você?

Continuou:

— A única forma de responder essas perguntas é ir atrás da mulher que te identificou como o cadáver. Ela é a chave do segredo. A mulher. E pensar que Oscar Wilde dizia que as mulheres eram esfinges sem segredo. Viado, né? Pois eu digo que, na maioria absoluta dos casos que eu desvendo aqui, o segredo está todo atrás de uma mulher.

E não foi muito além disso. Quando começamos a falar do preço e do prazo de investigação, Tomás assumiu a conversa. O detetive ofereceu um relatório completo, com fotos e informações detalhadas, pelo valor de 10 mil reais, metade agora, outra na entrega do serviço completo. Pediu dois meses para encontrar a mulher.

— Vai ser complicado. Pessoas como essas não têm GPS no telefone, não. E muito menos perfil no Facebook. Elas não deixam rastro, como vocês costumam fazer, de graça, produzindo provas contra vocês mesmos, deixando as pedrinhas pelo caminho. Muitas vezes não têm nem CPF para rastrear endereço numa telefônica. É investigação de campo. Tipo do caso em que vou precisar quebrar algumas leis no caminho.

O detetive não disse quais seriam. Tomás fechou negócio de forma meio abrupta, num desajeitado aperto de mão. Ele assinou um cheque e eu saí do Santos Vahlis desconfiado, como quem sai do circo tentando desvendar o truque de um mágico.

3

Cerca de um mês depois recebemos um relatório parcial, entregue por um mensageiro na redação do jornal onde o Tomás trabalhava:

Relatório de Atividades Reservadas

Caso Cristiane Paixão

I - Do Objetivo do Serviço

Realizar investigações confidenciais com o objetivo de localizar a nacional Cristiane Paixão Ribeiro, a fim de que ela possa esclarecer as razões que a fizeram reconhecer o contratante como homem falecido em 2008 na Lapa.

II - Das investigações

Desenvolvemos várias pesquisas a fim de obter dados cadastrais da investigada e chegar ao seu endereço atual. Entretanto, não logramos êxito nessas pesquisas. Apuramos que ela é revel em um processo criminal na 29ª Vara Criminal, incursa nos artigos 244 e 246 do Código Penal Brasileiro. No processo vimos que sua mãe a denunciou por abandono material e intelectual do filho menor em 2005. Apuramos no processo o endereço da mãe na Cidade de Deus, que residia à época na Av.

Estivemos no local e, após conversarmos com vários moradores da região, não conseguimos apurar o paradeiro da investigada, cuja família se mudou do endereço. Muitos entrevistados fugiam ou desconversavam ao ouvir seu nome. Uma moradora, no entanto, disse que ela está viva e que mora na zona da Central do Brasil, embaixo do Morro da Providência. Depois de termos sido perseguidos por três homens que ameaçaram nossa integridade física e furaram os pneus do nosso carro, decidimos ir embora e procurar outras estratégias de investigação.

Quanto ao real falecido, Sérgio Luiz de Almeida Couto, apuramos que o motivo que deve tê-lo levado a usar o nome e os documentos do contratante é o fato de ser fugitivo da Justiça desde maio de 1999, condenado a cinco anos de prisão pelo artigo 157 parágrafo 2º (roubo com arma de fogo) do Código Penal Brasileiro. Sua qualificação era a seguinte:

Sérgio Luiz de Almeida Couto
Reg. Geral 13.450.736-7 IFP
Filiação - José de Almeida Couto e Elza Monteiro
Nasc.- 16/01/76
Natural - Rio de Janeiro
Não existem fotos do falecido no sistema. Ele não possuía CPF.

Entraremos em contato conforme desenvolvimento do caso e futuro contato com a investigada.

Era isso. Não havia data nem assinatura, apenas o texto com a palavra "confidencial" vazada no fundo da página. Reli várias vezes o relatório e dele não consegui extrair nada além do que estava escrito.

O Tomás fez com que eu o seguisse à Lapa pelos dias seguintes. Ele reclamava que o detetive havia se concentrado apenas no paradeiro da mulher, e não na *reconstituição* do caso, muito menos em descobrir o motivo que os dois tiveram para não apenas roubar, mas querer enterrar meu nome na rua da Relação.

O detetive Virgílio parou de responder aos telefonemas. Ao passo que ele se negava a continuar no caso, tentamos conversar com os moradores das redondezas do Soul da Lapa, entre a Relação, Inválidos e Senado.

Ninguém se lembrava ou queria se lembrar do casal que morava no prédio-esqueleto. Muitos diziam ter chegado ali recentemente, mesmo os que viviam nos sobrados ocupados que margeavam o quarteirão. Quando descobriam que não éramos policiais, pareciam perder o medo — e também o interesse em responder qualquer coisa.

O método do Tomás era elementar. Ficávamos simplesmente parados na porta dos sobrados da rua esperando que alguém saísse. Depois seguíamos essa pessoa e perguntávamos pelo casal do prédio invadido. Eu me sentia como um pesquisador do Censo, um documentarista estudantil ou o parceiro do Lou Costello.

No segundo dia tivemos um pouco mais de sorte em arrancar alguma coisa dos moradores de uma ocupação, embora não houvesse coerência no que diziam. Havia a memória de um homem morto ali quando o prédio ainda era um esqueleto e outra, de poucas semanas antes, sobre um sujeito que entrou correndo no edifício, gritando que estava sendo perseguido pela polícia, antes de pegar o elevador. O homem subiu até o décimo-segundo andar, encontrou uma porta aberta — dizem que o apartamento estava sendo pintado — e se jogou.

— Ele ainda se arrastou por três metros. Entrou vivo na ambulância. Isso foi durante o Carnaval. Um menino aqui da rua filmou. Eu nunca vi nada parecido, nem na internet. Os ossos da perna entraram na barriga dele — disse uma jovem de top de lycra apontando a curva do impacto nas pedras portuguesas. — Ele foi carregando as tripas pela calçada.

— E o morto antigo?

Outros moradores contaram que o morto antigo era um arapongaviolento que tomava conta do prédio, um sujeito com cordões dourados que administrava o estacionamento do terreno baldio e levou um tiro. Ou que este teria sido o assassino de um homem que antes dele morava no esqueleto. Um rapaz de chinelos e calção falou que o cara que morreu doente lá dentro era outro, um catador de lixo negro com mais ou menos trinta anos e que tinha autorização para cuidar do prédio. E ainda que o terreno do esqueleto seria de um bicheiro ex-policial que já teria trabalhado no DOPS.

— Uma hora esse povo tinha que sair de lá pro prédio subir.

Uma senhora gorda se aproximou e mandou o jovem calar a boca.

— Tem muita coisa aqui que acabou. E pronto. Não é para mexer. E, olha, a vida melhorou agora.

Quando eu perguntava pelo morto e pela Cristiane, sempre assumiam um ar vago.

— Eles brigavam muito. Muita cachaça, meu filho. Não tenho ideia para onde foi essa mulher que morava ali com o barbudinho. Se bem que outro dia falaram que ela estava morando ali pela Central do Brasil.

— Morro da Providência?

— Não. Ali embaixo, mesmo.

— Atrás da estação?

— E, olha, o dono do terreno não era bicheiro, não. Era miliciano.

— A senhora lembra o nome dele?

— Ninguém vai lembrar.

À noite, abordamos um cavalheiro de casaco de moletom na portaria do 37. Era um negro alto e magro, apesar do rosto redondo. Ele não esperou que perguntássemos nada.

— Deu a hora de vocês irem embora daqui.

— Você conhecia os dois? — eu perguntei.

— Vocês ainda não entenderam que todo mundo aqui já sacou qual é a de vocês, seus viadinhos de merda?

— Peraí, meu amigo... — Tomás intercedeu.

— Amigo? Eu não sou amigo de vocês. Eu tenho cara de quem é amigo de vocês?

— Não. Quer dizer. Sei lá.

— Ah, não? Então eu tenho cara de quê?

— Não sei.

— Então eu não tenho cara de ser amigo de vocês, é? Responde, porra! — O homem abriu o zíper do casaco, revelando o cabo de um revólver enfiado na calça. Ele transferia nervosamente o peso do corpo de um pé para o outro, oscilando como um pêndulo ou como alguém que precisa ir ao banheiro:

— Cara de quê?

— O senhor me lembra aquele jogador famoso — eu me adiantei.

— Se você falar que eu pareço o Ronaldinho, vai levar...

— Júnior Baiano.

— O Baiano?

— Zagueiro do Flamengo. 92. Campanha do penta.

— Eu lá tenho cabelo de capacete, porra?

Ele me olhou com desprezo e subiu o zíper até o capuz. Antes de ir embora como uma criança que desiste de um jogo, disse:

— Esquece, playboy. Ou eu vou seguir a tua sombra até o inferno.

Guardei o relatório numa gaveta e passei um bom tempo sem querer voltar à rua da Relação, 43, à Lapa e ao episódio da minha morte. A polícia não telefonou mais e tampouco os procurei. Quando Tomás puxava o assunto, querendo retomar o caso e ir atrás da mulher na Cidade de Deus ou no Morro da Providência, eu dizia simplesmente que estava esperando notícias do detetive — o que logo deixou de ser verdade. Um lado meu preferia manter intocadas as muitas lacunas da história, que só poderiam ser preenchidas com a presença da investigada, como diria o dr. Virgílio.

Sou um sujeito de raciocínio lento, o que me leva ao hábito de mentir a mim mesmo. Só muito depois entendi o que me fazia querer adiar a história: eu tinha medo.

Não de morrer, que há destinos piores.

4

Um ano passou. Minha atenção foi se ocupando com outras aventuras, as roupas da minha mulher tomaram novamente sua parte do armário e, aos poucos, voltamos a frequentar o grupo de casais amigos do Tomás. Aquela fatídica noite se tornou um eco longínquo, como o do som dos tiros no alto do morro.

Até o barulho do restaurante vizinho que antes não me deixava trabalhar serenou. Escrevi um e-mail cheio de salamaleques para o secretário de Ordem Pública responsável pela operação "Choque de Ordem" que eu tanto desprezava. Pressionados, os donos fizeram uma reforma lacrando o espaço externo do térreo para evitar novas confusões. Mantive meu freela de comentarista de cultura no canal de TV pertencente ao grupo do jornal onde Tomás trabalhava, pude escrever alguns textos para o teatro e continuei a me distrair das minhas impossibilidades com uma intensa rotina de viagens — a trabalho, em festivais, lançando traduções ou apenas vagabundeando em cidades desconhecidas. Eu costumava resumir os inconvenientes da vida em tiradas mal-humoradas que Tomás e Marta já não aguentavam mais ouvir. Numa noite quente de fevereiro, meu amigo me recriminou na varanda do apartamento de uma atriz de novelas, com o ar despótico e arrogante que ganhava quando bebia uísque:

— Você precisa viver uma vida de verdade. Você tem que parar de viajar pra festivais e palestras, isso é nefasto pra sua literatura. Você tem que se isolar e não ir para lugares onde você só fala de si mesmo. Pra entrar em personagens é preciso estar aberto. O festival literário te joga sempre de volta para a vidinha de escritor, não para a imaginação.

— Eu concordo com o Tomás, Cuenca — continuou a Marta. — Aí talvez você consiga se concentrar em escrever um romance daqueles de mais de quinhentas páginas com uma história boa de ler e que a gente fica sem poder largar. Isso, sim, ia te dar dinheiro.

O que Marta não conseguia formular é o que realmente queria ler de mim: algo na tradição do realismo norte-americano que tem em Tchekhov seu modelo originário, mas que acabou reduzida a algumas regras mercadológicas tão absolutas quanto primárias e obtusas, como a que diz que literatura só é boa quando os personagens têm credibilidade psicológica e "parecem de carne e osso". Eu via essa demanda pelo que os editores chamavam de romance de fôlego como uma versão literária do utilitarismo da ética protestante anglo-saxã, só que desidratada, baseada em estreiteza de repertório e imaginário.

Círculos mais tolerantes que o casal apenas repetiam algo que poderia ser resumido em:

— Você tem uma vida incrível e parece que não vê.

O que eu via era a história da minha precariedade, entremeada por longas e exóticas temporadas em terras estrangeiras que eu gostava de contar como se fossem vivências de um personagem alheio. Esse pendor para o teatro me fazia viver havia bastante tempo além das minhas fronteiras físicas e emocionais, esgotando todos os recursos que por obra do destino ou esforço próprio eu conseguisse acumular. Isso valia tanto para os aspectos mundanos da experiência humana, como dinheiro ou sexo, quanto para o mais sublime dos sentimentos. O circo portátil de hedonismo e bebedeira que eu carregava comigo drenava as minhas forças — a energia gasta com essa carência de estímulo só não era maior que a usada para recolher os destroços. O casal Anselmo tinha razão: eu era uma máquina de queimar pontes que empobrecia sistematicamente.

Como eu continuava a me dedicar com afinco a passar o maior tempo possível fora do Rio de Janeiro, deixava a minha mulher esquentando a cama enquanto fanfarroneava por aí. Naquela época eu ainda tentava esconder o fato de que qualquer cidadão da minha cidade com emprego estável e endereço fixo seria uma escolha melhor para que alguém decidisse perpetuar o legado dos seus genes.

Numa reencenação tardia contra os limites maternos, eu contrariava todas as expectativas depositadas em mim: monogamia, instinto paternal, estabilidade financeira. Por repetidas vezes, deixei de ser aquilo que ela esperava de um homem e me transformei no que ela não esperava de um homem. Talvez por ter sido chutado de casa algumas vezes e passado a adolescência ninando traumas, acabei por transformar o corpo e o espírito das minhas mulheres no centro de um mundo que logo me seria negado também. Para mim, isso era o amor. Uma porta fechada ou prestes a bater E, num futuro próximo, a certeza de uma lembrança incômoda.

A frustração não era só delas. Meus pais, na hora de descontar um investimento de décadas de afeto e dinheiro, viam-se com um cheque sem fundos nas mãos. Tentar convocar minha atenção via chantagem emocional era o que lhes restava — sem sucesso. Eu já não me mexia nem mesmo por dentro.

Os colegas de profissão também pareciam se ressentir: eu não lia o manuscrito de nenhum amigo próximo, não respondia o e-mail de escritores inéditos, fingia ignorar bajulações ou ataques e pouco me esforçava para mascarar meu crescente desinteresse pelos salões e festinhas que frequentávamos, nos quais todos os jovens autores me pareciam chatos ou mesmo precocemente envelhecidos.

Eu tinha outras prioridades, uma espécie de orgulho às avessas que me fazia lutar sozinho, como um Quixote movediço, contra as estruturas autoritárias e ameaçadoras que eu via ao meu redor. Como o que eu realmente desejava era destruir tudo e não criar porra nenhuma, todas as minhas escolhas pareciam me levar para longe de onde deveria estar. Para longe do lugar correto. Todos os caminhos, uma vez que eu os pisava, transformavam-se em desvios.

Que não eram poucos. No ano que se seguiu à descoberta da minha morte, fiz uma longa viagem para o sudeste asiático, lancei traduções na Espanha e na Alemanha, fui ao Haiti escrever uma reportagem, participei de alguns festivais de literatura na América Latina e na Europa e acabei desembarcando em Nova York para o lançamento da revista britânica com a tradução daquele primeiro capítulo que nunca viraria romance.

Numa livraria no Soho, uma jovem doutoranda de óculos redondos me perguntou a data de lançamento.

Ser um escritor me ocupava tanto tempo que eu já não podia escrever mais nada — o texto tinha sido substituído pelo personagem no palco de alguns festivais. O projeto anunciado no texto da *Granta* me parecia irrecuperável. Toda vez que eu me sentava para tocar adiante, traçava umas frases soltas, fazia planos e esquemas como um atleta aposentado. Mas aquilo não dava em nada, era tudo difuso e frio.

Se não era capaz de escrevê-lo, aos poucos fui contando o episódio da minha morte para as poucas pessoas que faziam parte da minha vida: minha mulher e minha família, os escassos amigos, os desconhecidos com quem esbarrava em madrugadas bêbadas longe de casa. Depois da surpresa, todos repetiam a primeira reação do inspetor Gomes:

— Isso é bem história para escritor usar.

E perguntavam:

— Como você se sente?

Ou:

— Como você se sente agora que tiraram de você o seu nome, a sua filiação e os seus números de documento para morrer? O que sobra?

E, com mais frequência:

— Está tudo bem?

Era algo além das palavras o que me faltava. Se nos meus planos de fuga e desterro eu sempre quis ser outro em outro lugar, agora tinha conquistado uma prova material desse alheamento: um cadáver com o meu nome. Uma sombra de dúvida passou a cobrir a realidade, e não haveria viagem que me fizesse escapar disso. Passei a desconfiar do que via, como um velho senhor suspeita das suas lembranças de infância. Foi nessa época em que comecei a acordar todos os dias às 4h30 da madrugada, não importando que horas tivesse ido dormir.

Minha memória recente começou a pifar. Eu olhava o relógio repetidas vezes antes de fixar que horas eram, precisava consultar mapas no telefone para percorrer caminhos que conhecia, esquecia chaves e óculos, faltava a compromissos, deixava de responder a e-mails importantes, passava dias seguidos sem sair do quarto, conhecia pessoas e no dia seguinte as esquecia completamente. O que o mundo via como um traço excêntrico de personalidade ou mesmo antipatia e arrogância era uma gagueira existencial que não me permitia completar um raciocínio de um minuto. Eu sentia como se estivesse constantemente atrasado, ainda que não soubesse para quê.

Passava dias num looping na frente do computador checando minhas três contas de e-mail, as mailing lists que assino, trocando de aba no navegador e conferindo as interações recentes em redes sociais, se estava sendo citado, se havia mensagens privadas, comentários numa postagem recente ou likes em alguma foto publicada, e quem eram essas pessoas, suas fotos de família, talvez de férias numa cidade óbvia, selfies em frente a cartões-postais, e depois abrindo o feed geral da multidão de anônimos e vendo o que publicavam, as notícias que repercutiam entre fragmentos de intimidade (todas essas fotografias) e seus comentários espirituosos sobre qualquer aspecto da vida humana (diatribes sobre a crise), me informando do mundo como um detetive que reconstitui a cena do crime a partir de provas espalhadas entre os móveis tombados de um cômodo recém-abandonado, para depois voltar ao meu e-mail e recarregar a página para ver se havia alguma nova mensagem e, mesmo que houvesse, a depender do remetente, não abri-la, invadido pela pulsão incontrolável de trocar de novo a aba do navegador para ir ao Google ver as entradas com o meu nome nas vinte e quatro horas anteriores, e por ali navegar até encontrar, quando tinha sorte, algum comentário depreciativo, xingamento ou adulação, para logo depois de repetir esse ciclo de aproximadamente cinco minutos abrir uma outra janela — às vezes um outro navegador, até mesmo por um senso deslocado de higiene — e partir para minha rotineira exploração pelos intermináveis corredores de pornografia alimentados por batalhões de voluntariosos anônimos em todo o mundo, e eu buscava endereços cada vez mais obscuros, secretos e sujos, sempre à procura daquele vídeo ou interação via webcam cuja degradação fosse tão absoluta que me faria, depois de um rápido transe masturbatório, esporrar num vórtice de desaparecimento e inconsciência que durava uns poucos segundos até que, depois de me limpar, eu voltasse a conferir minhas três contas de e-mail, as interações recentes em redes sociais etc. e partisse para outros ciclos de navegação cuja mecânica repetitiva era basicamente a mesma, sempre em busca da promessa de alguma novidade, algo que me retirasse da apatia que eu então aprendia a desfrutar ainda sem entender o pesadelo daquela história: o fato de que o destino tivesse realizado a minha tão sonhada fuga, o meu sonho de desaparição, sem que eu saísse do lugar. Aquela morte era só para mim.

5

Se no balneário eu passava os dias trancado em casa e só saía à noite — para encher a cara e fazer o bobo carecido de corte —, no exterior o script da perfomance também era sempre o mesmo: nem tão jovem autor cuidadosamente despenteado, em eterna crise conjugal, desejoso de abandonar a cidade de origem, do tipo que viaja muito e nutre paixões violentas por coisa alguma. Tentava interpretar o papel do escritor, já que eu mesmo não estava lá.

Nessa existência holográfica, construía núcleos de cumplicidade e álcool atravessando madrugadas num convívio fragmentado que me fazia sentir mais íntimo de um novo amigo em Zagreb do que da família no meu próprio país. Esses círculos costumavam ser formados por gente que teve a coragem que me faltava para transformar nomadismo em mudança: estrangeiros em terra estrangeira.

O movimento não era inédito na minha família. Havia exemplos que eram lembrados como condecorações. Um dos meus bisavôs maternos, órfão aos catorze anos, foi rejeitado pela segunda mulher do pai e mandado para Paris, com sua parte correspondente à herança. Quando voltava para o Brasil depois de ter torrado todo o dinheiro vivendo luxuosamente na Europa, conheceu sua futura mulher no navio.

Era minha jovem bisavó, filha de um embaixador. Saiu do Rio com poucos meses e só voltou aos vinte e poucos anos, depois de morar em meia dúzia de países. Gerações reproduziram a história do seu espanto quando desembarcou no Cais do Porto do Rio de Janeiro e viu um negro pela primeira vez na vida, em 1911 — apenas 23 anos depois da abolição da escravatura no Brasil. Diz a lenda que ela, filha de ilustre figura do abolicionismo e da República, ficou com medo e perguntou se aquilo era um homem.

Minha avó sempre contou isso com uma gargalhada.

Esse bisavô ficaria milionário com o negócio de seguros e morreria de infarto em 1940, depois do desfalque de um sócio picareta. Meu avô paterno, um arquiteto argentino, morreu em Buenos Aires em 1968 pelo mesmo motivo, doença por desgosto devido à falência. Outros Cuenca, no entanto, tiveram destinos mais teatrais.

Ricardo Piglia, em *Respiração artificial*, lembra a história do meu tio-tetravô, Claudio Mamerto Cuenca, morto aos quarenta anos na Batalha de Caseros, em 1852: "Cuenca escrevia versos e os levava num bolso secreto de sua camisa. Era unitário! O único poeta unitário que não se exilou! E o mataram os mesmos que vinham a libertá-lo".

Cirurgião maior do Exército, foi médico pessoal do ditador Rosas. Era feroz adversário da política do caudilho, a quem execrava, mas isso era algo que escondia junto a sua produção poética. Quem o matou foi um mercenário espanhol (há a lenda de que o primeiro Cuenca a chegar na Argentina também foi um deles) a serviço do libertador Urquiza. O poeta atendia doentes num hospital de campanha e, desarmado, foi pedir clemência para os feridos a León de Palleja, comandante das forças unitárias que ali tinham o reforço de um batalhão brasileiro. Morreu a golpes de sabre.

O manuscrito incompleto que levava escondido no bolso quando morreu nas mãos dos inimigos de seu maior inimigo se chamava *A Rosas* e profetizava em linhas então cobertas de sangue: "Perverso Rosas, serás punido, corre a hora de purgar sua maldade". O ditador morreu vinte e cinco anos depois, na Inglaterra, numa estância perto de Southampton, onde viveu exílio tranquilo. As obras de Cuenca foram publicadas postumamente, com repercussão limitada. Num discurso em seu velório, um colega médico advertiu sobre a precariedade de sua poesia, "simples desabafos de uma alma entusiasta".

Do lado brasileiro, também eram repetidas histórias sobre ilustres antepassados executados, como o coronel Francisco José da Silveira, personagem central da Revolução de 1817, em Pernambuco, cujo neto Francisco de Paula foi governador daquele estado e de Minas Gerais e irmão de Aristides Lobo, um dos pais da República brasileira e seu primeiro ministro do Interior.

É de autoria do tio-tetravô Lobo a mais célebre e precisa descrição do que foi o golpe militar frio que conhecemos como a Proclamação da República de 15 de novembro de 1889: "O povo assistiu àquilo bestializado, atônito, surpreso, sem conhecer o que significava. Muitos acreditaram seriamente estar vendo uma parada". Em outro ponto do texto, publicado no *Diário Popular* três dias depois, o futuro deputado constituinte e senador parece sintetizar o que seria o destino manifesto brasileiro: "Mas voltemos ao fato da ação ou do papel governamental. Estamos em presença de um esboço, rude, incompleto, completamente amorfo".

A decadência em ambos os lados da genealogia foi econômica e social, mas manteve a flexibilidade moral da velha aristocracia, que inclui mulheres tendo cunhados como amantes, sogras que seduzem genros e incontáveis casos de assédio moral, golpes físicos, fratricídio bancário, pais deserdando filhos e filhos largando pais apodrecendo em asilos. Da fortuna e das propriedades de coronéis nordestinos, próceres da República, generais, maçons, conspiradores, ministros e embaixadores no século XIX, de altos burocratas, diretores de estatais e bancos públicos durante as ditaduras do século XX, nas minhas gavetas sobrou apenas um passado afortunado e poliglota recordado em cartões-postais belle époque transmitidos de geração a geração numa caixa de sapatos vermelha.

E talvez por uma estranha mistura de atavismo e desejo de fuga eu emendasse uma viagem na outra — pelo menos uma vez por ano enchia a cara no Aux Folies em Paris, no Würgeengel em Berlim e no Milano's em Nova York. Gostava de me gabar disso e de pensar que vivia glamorosamente, ainda que andasse com as contas e os exames de sangue atrasados.

As mulheres que eu conseguia arrastar eram escritoras, jornalistas, tradutoras, professoras, estudantes. Para isso também servia ser um escritor: enquanto a maioria esmagadora da humanidade ignorava nossas realizações, haveria sempre alguma moça saída dos corredores das faculdades de Letras ou Jornalismo disposta a nos encarar em contra-*plongée* com os joelhos cravados no carpete da suíte de um hotel cinco estrelas onde nos hospedávamos, ainda que não tivéssemos como pagar.

Depois de anos de vida literária viajando a lugares onde muitas vezes meus livros não existiam ou eram distribuídos, eu posso dizer que outras partes minhas, sim, chegavam sempre.

Acabei por desenvolver o vício de enfiar a cara, o nariz e a língua em bundas fartas e brancas de europeias do norte. Cada mulher tem um formato, um sistema e um gosto diferente da outra, e eu adorava satisfazer essa curiosidade assim que ficávamos a sós. Enquanto dilatava as narinas dentro das suas cavidades, inspirando talvez algum suor materno, chegava mesmo a latir ou a ganir como um cachorro com as patas cravadas nas suas ancas. Elas achavam graça, e eu dizia que era um velho costume brasileiro — o que não é de todo mentira.

Às vezes, algo extraordinário acontecia. Em Macau, horas depois de me aborrecer em um debate entre escritores para um auditório gigantesco e vazio, arrumei uma briga com membros da máfia chinesa ao defender de uma cantada grosseira uma jovem malaia na calçada. Um sujeito arrancou uma faca da cintura e alguém conseguiu tirar a moça dali, mas o cassino que a abrigou negou a minha entrada e ela sumiu rapidinho como uma promessa de recompensa por trás da vitrine blindada e cravejada de ouro e diamantes. No meio da confusão, invadi uma limusine preta, mandei o motorista correr e ofereci uma nota enquanto matei o resto da garrafa de champanhe ainda gelada no balde. Amanheci desidratado entre as casas estreitas da Fok Long San Kai — rua da Felicidade — comendo sopa picante com carne.

O velho que vendeu a sopa me perguntou num inglês rudimentar se podia ler minha mão. Estendi a esquerda e, depois de um minuto, o senhor já parecia preocupado:

— Onde você mora?

— No Brasil.

Ele mudou de expressão e encrespou as sobrancelhas:

— Você vai ter que ir embora.

— Pra onde?

— Não aqui!

Os finais podiam ser mais ou menos elétricos. Em Cartagena das Índias uma ucraniana de quase dois metros me fez dormir sobre seus peitos numa piscina de hotel, em Lisboa uma senhora me deu um soco na boca, na Suécia uma jovem nua me colheu morangos silvestres num campo na manhã do solstício de verão, num subúrbio de Tóquio uma japonesa sangrou, em Barcelona uma turca com tatuagens coloridas mijou num copo de uísque e brindamos num telhado, em Frankfurt desbravei banheiros públicos, em Porto Rico brochei com duas — ao mesmo tempo. Não era incomum apagar ainda com a cabeça entre as pernas da mulher e acordar abraçado ao vazio da manhã sobre uma poça de mijo no lençol.

A culpa do sono precoce era a mistura de antidepressivos com álcool. Para me manter acordado, às vezes usava cocaína ou anfetaminas. Nada que ajudasse muito — não era sempre que conseguia evitar um viagra nessas condições, numa mistura suicída. E os estimulantes que tomava para não dormir me obrigavam a virar um par de cápsulas de diazepínicos para dormir. No dia seguinte, a depender do equilíbrio de neurotransmissores perversos no meu cérebro, começava tudo de novo.

O éthos imaturo e canino do personagem e seu donjuanismo patológico transformavam qualquer mulher numa sereia mitológica em segundos, daí a prontidão em me atracar bêbado com todas. Via como impossibilidade o interesse delas — uma bolha de exceção fora de lógica, o que acelerava meu delírio autobiográfico. Estava condenado a ser um *jovem adulto* por mais tempo do que deveria e talvez para sempre, à medida que elas iam ficando mais jovens e eu não conseguia abandonar a compulsão de colecionar os momentos de silêncio antes da conquista da mão, da nuca, da nudez — como se eu pudesse guardá-los em algum lugar.

Não podia. E aos poucos as viagens e as mulheres das viagens começaram a me causar certo enfado. As cidades desconhecidas sobre as quais eu me atirava como um vampiro priápico já não me comoviam mais. Comecei a trancar-me nos seus hotéis. Lá fora, a vida soava como um acúmulo de cinismo e desperdício. Depois daqueles horizontes, no fim da cidade iluminada, devia estar a minha casa, a mulher que eu amava e a minha família, mas eu costumava não mandar notícias por semanas, como se quisesse poupar as pessoas de algum tipo de contágio.

Para todos os efeitos, eu tinha me tornado um sujeito frio.

Eu não precisava estar no topo da torre iluminada de um hotel para olhar tudo do alto, da perspectiva de um satélite da NASA, para pensar: "Os seres humanos...", como eu se fosse o narrador de um documentário etnográfico transmitido por um canal de televisão alienígena. Estranhava não apenas a cultura e os hábitos das pessoas do mundo, mas suas características físicas. Ou, melhor dizendo, o fato de terem características físicas, a própria existência de suas frágeis carcaças. Punha-me a pensar no bizarro que é terem braços e pernas pendurados pelo tronco, cinco extremidades finas em nacos de carne no fim dos seus membros, uma coleção de ossos entrincheirados na sua carne e litros de um óleo espesso serpenteando por metros de canais dentro do corpo, sem falar no fato de as mulheres terem orifícios que umedecem e esquentam para receber em suas profundezas seus correspondentes órgãos masculinos em estado de dilatação. Enfim, isso tudo começou a me parecer de uma estranheza insuportável — e eu sempre ouvia aquela voz de documentário dentro da minha cabeça: "Os seres humanos...". E ria, ria sozinho.

No entanto, eu ainda era um deles, um dos seres humanos da minha cidade com uma ocupação bastante particular e, como tal, tinha meus compromissos e contratos a cumprir. Isso me fazia mentir desavergonhadamente para os meus editores e para a minha agente na Alemanha, repetindo "o livro vai muito bem, obrigado" em e-mails e cafezinhos em ambos os lados do Atlântico, enquanto os meses sucediam-se num ralo de procrastinação masturbatória e viagens inúteis sem que eu avançasse. Muito pelo contrário: eu já desistira de tudo.

6

Entregar algo novo não era uma urgência. Eu ganhava mais dinheiro falando sobre meus livros em eventos literários pelo país do que com a publicação deles. Depois dos debates, eu costumava beber num bar de esquina numa daquelas cidades muito parecidas e tristes no meio do vazio do Brasil, me sentindo uma fraude absoluta.

Repetia uma fala preparada na qual fazia uma defesa da literatura a partir da ideia frágil e utilitária de que leitores de romances seriam pessoas melhores porque nestes, ao contrário de em livros de entretenimento e autoajuda, não haveria respostas prontas, e sim questões formuladas pelos seus protagonistas e narradores, sempre envolvidos na fracassada travessia entre dois mundos irreconciliáveis — o possível e o utópico, o real e o ilusório, a vida e o sentido. As perguntas levantadas pelos heróis nesse caminho atuariam como lanternas a iluminar as arestas da sociedade, com claros efeitos políticos e morais. Ler os livros certos, portanto, seria uma espécie de antídoto afirmativo contra a crueldade e um acelerador da cidadania. Eu completava, via Vargas Llosa, que a literatura era um "desses denominadores comuns da experiência humana, graças ao qual os seres vivos se reconhecem e dialogam independentemente de quão distintas sejam suas ocupações e seus desígnios vitais, as geografias, as circunstâncias em que se encontram e as conjunturas históricas que lhes determinam o horizonte", e citava Antonio Candido: "Assim como não é possível haver equilíbrio psíquico sem o sonho durante o sono, talvez não haja equilíbrio social sem a literatura. Deste modo, ela é fator indispensável de humanização e, sendo assim, confirma o homem na sua humanidade", o que então já me pareciam ideias bastante ingênuas, para não dizer completamente despropositadas e absurdas — até porque não há evidência ou estudo relevante que confie qualquer um desses efeitos mágicos à leitura de um livro.

Ao final dessas mesas, tinha que resistir à ideia de interromper os hesitantes aplausos e confessar que romances de ficção são tóxicos e ambíguos — e que o progresso da humanidade deve pouco a eles. Que a Europa ilustrada com Cervantes, Shakespeare, Dante e Tolstói escravizou gerações de negros, índios, analfabetos e dissidentes políticos. Que Hitler, fanático entre outras coisas por *Dom Quixote* e *Robinson Crusoé,* lia um livro por noite e tinha uma biblioteca pessoal de dezenas de milhares de volumes, superada, no entanto, pela de outro compulsivo leitor, Josef Stálin. Que livros não são como suplementos alimentares contendo doses de empatia e inteligência. Que a literatura não é um catalisador moral, não oferece redenção e não tem sentido ético em si. E que deve negar completamente qualquer responsabilidade sobre a formação de leitores se ainda quiser ter alguma relevância fora dos picadeiros erguidos com dinheiro estatal para sustentar a ilusão simultânea de que ela 1) tem ou deve ter alguma centralidade cultural; 2) precisa ser salva como o urso panda ou uma borboleta em extinção; e 3) não é uma forma de arte elitista por natureza.

E, enfim, dizer que a literatura morre um pouco cada vez que alguém levanta a voz para defendê-la num desses palcos construídos para que ainda acreditem na sua existência. Deixá-la morrer me parecia uma ótima ideia para salvá-la de si mesma.

Acabei cometendo essas incontinências verbais poucos dias depois do lançamento da *Granta* nos Estados Unidos, num seminário sobre literatura brasileira contemporânea na Universidade de Brown, para um auditório atapetado e repleto de professores e alunos norte-americanos que me acompanhavam piedosamente. Não houve qualquer tipo de reação aparente à minha fala antipática, recebi o mesmo tipo de aplauso protocolar que meus colegas de painel.

Depois bebemos café e tentei apertar a mão de alguém. No fim da sala, os alunos que acompanhavam o diretor do departamento me olhavam com olhos cansados. Um rapaz alto falava algo ao ouvido de uma morena bonita, de rosto inteligente. Outro tinha nas mãos um caderno espiral e, quando percebeu que eu os fitava, levou os olhos ao chão. Atrás desses havia três que permaneciam em silêncio, com as mãos nos bolsos, e à esquerda um jovem louro que se distraía olhando para a palma da sua mão enquanto com a outra sustentava um cigarro apagado.

As duas nobres acadêmicas brasileiras que participavam do encontro vieram me parabenizar pela coragem, sem esconder certa ironia risonha, enquanto o resto preferia não se aproximar. Tudo corria com certo pesar contido, do tipo que se encontra em velórios de gente muito velha, até que a morena veio se apresentar. Era uma jovem estudante paulista de pós-graduação chamada Maria da Glória. Seu colo estufava a blusa, e naquilo eu me concentrava enquanto ela dizia que tinha lido toda a minha obra, o que causou uma pontada instantânea de vaidade na minha próstata. "Maria da Glória...", eu repetia para mim mesmo, abestalhado.

— Os seus livros têm muito...? Como é a palavra? *Charme*. É isso. Eles têm muito charme.

— Isso nunca ninguém tinha me dito.

— Como você deve saber, charme é a qualidade de conseguir uma resposta sem ter feito nenhuma pergunta clara.

— Ah, é?

— E você conseguiu isso de alguma crítica, não há dúvida. Mas o que você escreve é confuso, os capítulos dos seus romances são sempre curtos e truncados, irresolutos, às vezes incompreensíveis. Tem certo *wit* e espírito da época, mas não acho que sejam fruto do trabalho mental exaustivo que marca os livros e autores que ganham prêmios por aí. Ou seja: você é um diletante que não faz muito bem o dever de casa. Com todo o respeito, claro.

A queda sempre pode ser maior. E foi.

— Sem falar que parece que você busca o tempo todo... Ah, perdão, eu estou falando demais, não estou?

— Não, por favor, Maria da Glória. Continue.

— Parece que você procura a tragédia, mas acaba dando de frente com a farsa. Com o kitsch, até. E aí me parece que a tragédia maior é a falta de tragédia. O mistério maior é a falta de mistério. É um vazio sobre outro.

— Mas você não acha que a solução para esse problema pode ser o próprio problema? — eu tentei ser espertinho.

— Da mesma forma que a cura de uma doença seria a descrição dos seus sintomas?

— Dos *meus* sintomas?

— É que você parece muito apegado a eles.

Desisti: a moça tinha razão. Os homenzinhos que eu descrevia nos meus livros eram todos assombrados por criaturas muito parecidas com ela. Logo ela se despediu e voltou à roda de estudantes que caminhava para a grama primaveril do campus, me deixando encostado numa extremidade solitária do auditório com um cartão de visita e uma xícara de café frio na mão.

7

Depois do vexame em Brown, eu voaria de Nova York para Roma. Uma fundação norte-americana me ofereceu uma dessas bolsas de residência artística que pontuam a existência de escritores, músicos e artistas visuais da mesma forma que a fome, o desespero, o instinto de parar, a promiscuidade física e mental.

Era num castelo medieval na Umbria. O plano que anunciei aos interessados era que terminaria meu romance por lá, como se nos ares da Itália houvesse algo mágico que me fizesse acabar um livro em pouco mais de um mês. Havia algo de fabulosamente bizarro e anacrônico em um escritor brasileiro morar num castelo, mas, encantados pela história, todos preferiram acreditar nela.

Eu e o meu editor brasileiro, um homem triste e circunspecto de meia-idade, brindamos à minha gloriosa missão num bar no East Side de Manhattan, fazendo discretos planos de dominação mundial como nos cabia enquanto personagens prósperos de uma potência emergente, embora marginal, do sistema editorial planetário. O combinado era que ficaria pronto a tempo da Feira de Frankfurt, onde poderia ser vendido para outras línguas de um mundo subitamente ávido por histórias vindas do Extremo Ocidente, especialmente da sua capital imaginária, o exótico, perigoso e *ascendente* Rio de Janeiro.

— Acho que o mercado já sabe que você escreve bem esses livros de literatura contemporânea e certa crítica te reconhece. Mas no Brasil você só vende uns 3 mil livros. Ou 5 mil, no máximo. Por que agora não faz algo menos *nouveau roman* e mais narrativo? Cá entre nós, a editora está pronta para investir em distribuição e marketing se você vier com um livro que tenha enredo desta vez...

Não me importava o que aquele homem sentado numa cadeira de balanço estética esperava de um livro meu. Mas eu disse sim, é claro. Eu dizia "sim, é claro" para tudo.

Meu voo para a Itália era na manhã seguinte. Acordei de ressaca nas coxas morenas de uma ex-namorada, fechei a mala e me arrastei até o balcão de um café em Bushwick, numa daquelas ruas sujas sob a linha suspensa do metrô. Tomei um café espresso superfaturado com um *bagel* frio ao lado de um grupo de turistas perdidas no Brooklyn, brasileiras de tênis de corrida carregando enormes sacolas de compras. Elas eram um presságio: na caixa postal do meu telefone, piscava um e-mail do detetive Virgílio. Li seu nome com estranheza, já que fazia quase três anos que o Tomás e eu não tínhamos qualquer notícia dele.

O assunto era: "Urgente — Cristiane Paixão".

Caro sr. João Paulo,

Tenho novidades concretas sobre a investigada. Tentei contatá-lo, mas o telefone do senhor não funciona. Telefonei apenas para marcar o nosso encontro, pois não podemos falar sobre o assunto via telefone. Não fale com ninguém sobre isso. Aguardo o senhor aqui no escritório amanhã, às dez horas.

É urgente. Houve uma reviravolta grave no caso que será do seu interesse.

Repito: urgente.

Att.

8

Acordei de um pesadelo com o solavanco dos pneus tocando o solo. Tirei bloco e caneta do bolso do casaco para anotar o sonho, mas a tinta falhou. Enquanto a mão avançava pelas primeiras linhas, os traços se transformaram numa série de riscos brancos numa folha em branco. Esqueci de tudo enquanto o avião taxiava na pista.

Ainda preso à cadeira, reconheci as revistas na bolsa da poltrona da frente, o jornal amassado, um copo de plástico em pedaços, o logotipo da companhia aérea no saco de vômito, o frasco de cápsulas para dormir. Telefones recém-ligados despertaram numa variedade de sinais enquanto alguns apressados já desafivelavam seus cintos de segurança e ensaiavam levantar. Olhei para fora e vi os cilindros de vidro conectando tentáculos tubulares a aviões em repouso sobre o tráfego de carrinhos de carga. Esse panorama, igual em toda parte, ganha um caráter distinto quando no Brasil — a nossa civilização sempre dava um jeito de atropelar a homogeneização global de aeroportos, estádios e hospitais com a nossa muito cara esculhambação. Ali, o sujeito das bandeiras que ajudava o avião a manobrar usava uma camiseta vermelha no lugar delas, como um flanelinha. Era um dia cinza, 7h50 da manhã, 32 °C no Rio de Janeiro, anunciou a comissária.

Eu tinha tempo. Esperei os passageiros saírem e, com o corredor livre, saí arrastando a pequena mala de rodinhas entre as poltronas vazias até o sorriso dos comissários de bordo na porta do avião. Ultrapassei a esteira rolante das bagagens, a fila da Polícia Federal, os estandes das companhias de táxi e os passageiros de passo lento até que uma porta automática se abriu para o saguão onde, por trás de uma barra de metal, há sempre alguém à espera.

Ninguém segurava uma placa com o meu nome. Eu estava de volta. Sempre que encontrava no desembarque de um aeroporto essa cápsula de tempo morto formada por motoristas erguendo cartazes, eu flertava com a ideia de me apresentar para um deles como o dono de um daqueles nomes. O motorista então apertaria a minha mão com confiança, carregaria a minha mala até o seu carro e me levaria ao hotel. Eu repetiria meu novo nome na recepção, inventaria uma mentira sobre ter perdido minha carteira de identidade e subiria ao quarto reservado. Lá encontraria uma pasta de documentos, uma agenda de compromissos, um dossiê contendo instruções sobre a cama. Ou talvez fosse levado direto do aeroporto a uma reunião, uma palestra, um centro de convenções, onde, se o rosto do convidado não fosse conhecido, eu levaria a farsa até o seu limite.

No entanto, quando era o meu nome que efetivamente estava numa daquelas placas, eu fantasiava não me identificar ao motorista, e sim pegar um táxi e desaparecer na cidade desconhecida. Faltar aos meus compromissos, desligar o telefone, não voltar.

A combinação dos nomes, números de documento, local e data que formavam a minha identidade me parecia uma âncora cada vez mais rarefeita. Eu já não era capaz de me reconhecer nas decisões que tomava. O tempo parecia provar que tudo o que eu sabia de mim mesmo estava errado. Por que pegar este avião e desembarcar no Rio de Janeiro sem avisar ninguém? Por que abrir mão dos meus planos e me hospedar por uma semana num hotel na Lapa? Por que levar tão a sério a urgência do detetive Virgílio, depois de quase três anos de silêncio e esquecimento?

É raro entendermos como são frágeis os laços que nos ligam a nossa rotina, círculo social, relações de família e trabalho. Como a nossa vida pode subitamente se transformar no quarto vazio e iluminado em que o morto deixa para trás os sapatos, ao lado da cama. Preferimos manter a crença irracional de que o desenrolar dos fatos nos levará inevitavelmente para casa, como se fôssemos moscas num pote de vidro. Mas às vezes algo acontece. Uma nuvem se move no céu e, entre o topo de prédios em construção, o sol ilumina a rachadura que ganha espaço sob nossos pés — a crescente ruptura que nos transformará numa coleção de ausências. A queda chega e você, com certa tranquilidade, como se fosse um observador externo de si mesmo, pode ouvir o golpe.

O golpe que fará você nunca mais ser quem era.

9

Deixei a mala no quarto do hotel. Tudo recendia a fumaça: havia cinzeiros nos dois criados-mudos, marcas de queimado nos lençóis e cheiro de cigarro no ar imóvel.

Se os melhores hotéis constroem a ilusão asséptica de que somos os visitantes primeiros daquele espaço — e para isso utilizam lacres de papel nos vasos sanitários e técnicas militares para enfiar os lençóis sob o colchão —, aquele era o tipo de estabelecimento que não oferecia nenhuma dessas pequenas inaugurações. As toalhas estavam úmidas, havia marcas de digitais na televisão desligada e, no espelho embaçado do banheiro, uma carinha feliz desenhada com um traço infantil em contraste com o reflexo do meu rosto cansado.

Abri a janela que dava para um pequeno balcão com vista para o panorama desconexo do centro, suas ruínas e construções simultâneas. Ao fundo, flutuava a torre art déco com o gigantesco relógio da Central do Brasil, pelo qual conferi as horas e acertei o meu relógio que ainda carregava o horário de Nova York. Ontem já parecia outra vida.

Desci pelo elevador e atravessei os quarteirões que me separavam do escritório do detetive Virgílio. Eu tinha o sonho frequente de que andava com grande dificuldade, como se arrastasse um enorme peso, às vezes me agarrando aos postes para me deslocar enquanto as outras pessoas me ultrapassavam. Talvez para compensar essa sensação de imobilidade recorrente, costumava caminhar muito rápido, cortando o caminho dos outros. Outras vezes andava com os olhos semicerrados e tentava seguir uma linha reta. Nas calçadas lotadas no despertar da cidade, entre tapumes de obra, andaimes e uma nuvem constante de poeira de construção, era impossível sustentar o jogo por mais de dois metros sem esbarrar em alguém.

Distraía-me com essas banalidades quando encontrei uma confusão de pedestres ao redor de uma moto tombada e seu motorista sentado no meio-fio, a cabeça apoiada nas mãos e os cotovelos fincados nos dois joelhos. Perto dele, um buraco aberto no asfalto. Eu me juntei ao grupo e olhei, não para o homem ferido, mas para a abertura circular no chão. As entranhas da cidade exalavam escuridão e vapor. Um bueiro da companhia de luz da cidade havia explodido na hora em que o homem estava parado num sinal vermelho.

Por causa do contato subterrâneo entre tubulações de esgoto e fiações elétricas, era comum que bueiros explodissem nas ruas do Rio de Janeiro, inaugurando crateras a cuspir colunas de fogo e catapultando tampas de chumbo ao céu. Além dos bueiros, acontecia de sobrados e prédios inteiros ruírem sob o próprio peso sem aparente explicação, como o Edifício Liberdade, um ativo prédio de escritórios com vinte pavimentos, vizinho ao Theatro Municipal, que desabou em 2012 e levou abaixo duas outras construções — um sobrado de quatro andares e o Edifício Colombo, de dez. Muitos dos sobrados históricos tombados nas redondezas da Lapa eram abandonados por seus proprietários e pela prefeitura para que despencassem, derrotados pelo tempo e pela ausência de conservação, abrindo espaço a construções mais lucrativas, tocadas pelos mesmos empreiteiros que financiavam campanhas políticas e ganhavam concessões de serviços públicos no Estado. Esse processo de demolição discreta foi batizado pela população como “deixa-cair” — o contraponto contemporâneo do "bota-abaixo" que remodelou o Centro da cidade um século antes.

Com o mesmo propósito de abrir fronteiras para o aburguesamento de bairros do Centro, eram também recorrentes os incêndios criminosos, as explosões suspeitas, os retângulos de fogo em que se convertiam janelas e portas até que tudo viesse abaixo.

Eu costumava dizer que no Brasil não precisávamos de tragédias naturais: éramos as próprias.

A câmera do detetive Virgílio me filmava sobre a porta. Eu era esse sujeito solitário numa manhã de segunda-feira, em pé num longo corredor dentro do edifício Santos Vahlis, esperando por alguma notícia que esclarecesse o episódio do meu defunto nome. Imaginei o pequeno monitor de TV ao lado da mesa, vigiado pelo detetive Virgílio e sua coleção de corujas.

O detetive me recebeu sozinho, ele mesmo abriu a porta. Perguntei pela secretária.

— Eu tive que cortar.

— Custos?

— Não é isso que você quer saber aqui, certo?

Sentamos na sala. Era como se eu reencontrasse não o detetive Virgílio, mas o homem que eu era na primeira vez em que estive por aqui. Quis acreditar que o tempo tinha me deixado menos ingênuo e por isso aprumei as costas, tentei afastar ao máximo um ombro do outro.

— Eu já tinha desistido desse caso, como você sabe. Parecido com esse tem muitos, o dinheiro era pouco, vocês não teriam muito mais para dar, as pistas levavam a nada. Acontece mesmo das pessoas sumirem, igual a essa moça. E também acontece de usarem um nome roubado. Eu até podia ter seguido um caminho atrás dela, não na Cidade de Deus, mas ali na parte de baixo da Providência. Mas desisti e parei naquele relatório. A verdade é que isso parecia, desde sempre, um capricho de vocês.

— Capricho?

— Oportunismo seu e do seu amigo jornalista. Você não está nem aí para quem é essa mulher ou quem é o cara que morreu com o seu nome. E o outro só queria escrever uma porra de reportagem. Vai dividir comigo os dividendos?

— Se o senhor soubesse como se paga mal.

— Eu já tinha largado essa história. Aí apareceu essa moça. Uma morena bonita, perguntando de você.

— Que moça?

— Uma mulher negra, alta. Fica tranquilo que você não deve fazer o tipo dela.

— O que ela queria?

— Você. Pagou melhor que vocês dois.

— E por que isso?

— Você fez boa viagem?

— Sim.

— Como foi a chegada? No aeroporto, eu digo.

— Nada demais.

— Ninguém estranho?

— É o Rio de Janeiro. Todo mundo é estranho. Por quê?

— Você avisou algum familiar? O seu amigo?

— Não falei com ninguém ainda. Estou num hotel aqui do lado.

— Ótimo.

— Quem é essa mulher?

— Eu queria te pedir desculpas.

O detetive Virgílio apertou um botão sob a mesa. Após um *clec* agudo e o bater da porta, dois homens entraram, um de terno e o outro com uma farda da PM. Um deles aproximou um lenço molhado do meu rosto.

10

Acordei no sofá de um escritório com paredes de madeira. Levantei com dificuldade e percebi meus pulsos presos às costas por uma algema de plástico. A porta estava trancada. Gastei um tempo observando as paredes, ocupadas por estantes de jacarandá com livros, diplomas e condecorações. Os livros e diplomas eram de Direito, embora houvesse uma pequena seção de literatura do século XIX com a obra completa do Eça de Queiroz. As condecorações eram do Exército. Por uma fresta da persiana vi que estava na praça Mauá, Centro do Rio, transformada numa cratera gigantesca por causa das obras. Levantando um pouco a vista, dava para ver as ruínas do elevado da perimetral, ainda semidemolido. Numa das extremidades do viaduto interrompido, observei um homem olhando para baixo, como se calculasse o tempo da queda. Ele vestia uma camisa azul e branca com mangas compridas, parecia saído de um manicômio. Tirou do bolso um molho de chaves e o atirou lá embaixo.

Um senhor calvo de terno marrom, cabelos brancos e óculos de grau Ray-Ban do tipo aviador entrou na sala.

— Você está algemado? Puta que pariu! Ô, Zé, eu mandei algemar o cara?

— Não, doutor — entrou o policial.

As algemas deixaram meus braços dormentes e a primeira coisa que fiz foi abrir e fechar as mãos com rapidez. A autoridade presente me observava com ar piedoso. O PM saiu da sala e fechou a porta. Pela janela, ouvíamos motos sem escapamento fazendo a curva.

— Pode sentar, meu filho.

Preso, eu pensava. Meu plano era voltar para casa e anunciar o meu retorno assim que resolvesse a questão com o detetive e a investigada, a *reviravolta grave* que era do meu interesse. Não planejava ficar incógnito por mais de três dias, a duração da reserva que fiz no hotel. Mas agora aquilo parecia distante — o meu destino já não pertencia a mim. Eu olhava aquele senhor de meia-idade sentado à minha frente, uma bandeira do Brasil pregada na lapela do terno, com certo carinho. Ele me fazia lembrar o avô presidente de estatal, desertor da família mas não dos colegas da Escola Superior de Guerra, o velho que só conheci por histórias do tipo "fazia sauna com o chefe da CIA no Brasil todas as semanas", "foi um dos quatro homens que bateu à porta do general Costa e Silva na noite do Golpe de 1964" etc.

— Chegou aos meus ouvidos que o senhor andou procurando os moradores antigos de um prédio na rua da Relação junto com um editor lá do jornal, um tal de Tomás Anselmo.

— Sim.

— E por quê?

— O detetive Virgílio não contou?

— Eu não acredito nele.

— Você quer que eu repita?

— A gente não acredita muito nele.

Contei a história como se descrevesse a sinopse de um folhetim. Às vezes, o velho interrompia minha narrativa para fazer uma pergunta com ar de intimidade respeitosa. Tudo o que dizia, seus comentários sobre a história e a cidade, vinha acompanhado de um ar de convicção irrepreensível que eu invejava — aquilo me fazia querer ser aceito por ele. Quem entrasse na sala naquele momento poderia acreditar que éramos parentes ou amigos distantes.

— Você aceita?

O velho se acomodou na poltrona de couro e acendeu um cigarro mentolado. O sol da tarde entrava pela persiana imprimindo linhas diagonais na nuvem de fumaça que saía da sua cabeça.

— Eu não fumo.

— Nada?

— Só maconha. Mais saudável.

— Deve ser. De qualquer forma, aposto que vou durar mais do que você.

— Você sabe onde está a mulher?

— Qual delas? A que te apresentou como morto? Esquece.

— Você procurou o Tomás?

— Esse aí tem as costas mais quentes que as suas. É por isso que eu quis falar direto com você.

— Eu não desisto fácil. Ontem mesmo eu peguei um avião para cá.

— Cala a boca. Você acha que pode alguma coisa?

— Qual é o problema com aquele terreno?

— Com o terreno não há nenhum problema. O problema aqui é você.

Ele abriu um laptop sobre a mesa.

— Essas merdas demoram. Aqui — virou o monitor para o meu lado da mesa. — Usa as setinhas pra passar de uma foto para a outra.

Previsível: fotos da minha mulher, da minha mãe, do meu irmão, do meu pai. A minha mulher pegando um táxi na porta do trabalho, linda e distraída com o vestido azul, irreconhecível como são as mulheres quando estão sozinhas e não sabem que estão sendo observadas, e minha mãe saindo do supermercado, meu irmão dentro de um ônibus, meu pai como um daqueles cariocas bem-adaptados, correndo no calçadão.

11

Ainda sem saber o que fazer, aproveitei os dias que sobravam no hotel. Minha rotina era acordar, comprar o jornal, tomar um café, descansar, almoçar no mesmo restaurante árabe perto dali, na travessa entre a Senador Dantas e a rua 13 de Maio, para depois passar no hotel, cochilar à tarde na cápsula de ar-condicionado que era o quarto, acordar, caminhar pelo entardecer da Lapa, sentar no bar sujo como um vagão de trem na esquina da Gomes Freire com a Senado, beber até me sentir leve, voltar ao hotel, dormir.

Às vezes, tinha a impressão de estar sendo seguido. Eu sempre via o mesmo carro estacionado na porta do hotel —

uma Ford Blazer cinza com vidros fumê e o adesivo de um deputado do PMDB que também costumava estar parada na porta do Santos Vahlis.

Fingi ignorar o fato e prolonguei a minha estadia por outra semana.

Eu sentava no bar de costas para a calçada, encarando um desses altares ecumênicos presentes nos botequins cariocas, com frutas, garrafas de vinho, aguardente e latas de azeite ao lado de uma Nossa Senhora da Aparecida. Pedia uma cerveja depois da outra e por vezes conseguia esquecer totalmente de onde deveria estar, de quem deveria estar protegendo. Meu passado se tornava uma lembrança vaga, assim como eu mesmo — via meu próprio reflexo com surpresa no vidro dos carros e das vitrines das funerárias na rua Mem de Sá. Por alguns momentos, eu me tornava o estrangeiro perfeito, e a culpa que sentia no início por não ligar para ninguém, não atender o telefone e me esconder numa trincheira na Lapa foi substituída pela autocomplacência de quem não tem nada a perder ou ganhar. A imagem da Virgem sorria.

Tomei gosto por dar voltas pelo Centro e costumava subir a rua dos Inválidos até a praça da República, onde sentava num dos bancos de madeira do Passeio e ficava horas olhando os transeuntes indo e voltando da Central do Brasil e os mendigos e os pivetes que brincavam com as capivaras do jardim. Eles comiam ao lado delas e, eu pensava, deviam cagar também. Por trás das árvores, dava para ver as costas do prédio espelhado da Petrobras que eu tinha em frente à minha janela. Depois voltava por dentro do parque, bom de andar, sempre evitando a Presidente Vargas, avenida que eu considerava abominável. Pegava a rua do Senado e a Gomes Freire, onde gostava de olhar o túnel de árvores, e virava na rua da Relação.

Aos poucos renovei o voto de silêncio, até que meu isolamento ganhou inércia. Parei de comprar o jornal de manhã, parei de ligar a TV antes de dormir, parei de ouvir o que o mundo pedia de mim. Deixei sem resposta o e-mail da Fundação Americana que me esperava inutilmente na Itália, as mensagens da minha família e da minha mulher, cujo tom crescia em drama e desespero — até que parei de abrir a minha conta de e-mail. Desliguei o telefone.

Sabia que cedo ou tarde deveria pegar o caminho de volta à minha vida. No entanto, investigava qual seria o ponto de não retorno: quantos dias, quantos meses até que a minha ausência se tornasse incontornável? O mundo das minhas pessoas continuaria sem a minha presença, talvez até com mais conforto e segurança depois de um período de sofrimento. Minha mulher, por mais que se desesperasse agora, em poucos meses estaria nos braços de outro homem a ocupar o meu espaço, o próximo a compartilhar seu cheiro e toque, explorando a sua pele num hotel barato como aquele ou até mesmo na minha cama — na minha ex-cama, palco que eu tinha abandonado muito antes de todo o resto.

Caminhando pela cidade, às vezes tinha que tirar a camisa de dentro das calças e me esconder. Ficava de pau duro imaginando-a foder com o próximo, um homem de compleição atlética que desfrutaria o cavalgar habilidoso da minha viúva boa e muito gostosa de trinta anos de idade recém-completados.

Fui a uma agência bancária e pedi para retirar todo o dinheiro que tinha na minha conta. A gerente era uma mulher muito branca de *tailleur* e rabo de cavalo.

— Para valores acima de 5 mil reais, pedimos 48 horas de antecedência.

— Você está me dizendo que o banco não tem dinheiro?

— O banco tem. Mas também temos normas, senhor.

— Eu estou com pressa.

— É impossível.

— Eu não vou sair daqui sem esse dinheiro.

Ela me olhou, levantou o queixo, bufou e encarou o computador.

— O senhor quer em notas de quanto?

Meu patrimônio acumulado aos 35 anos dividia-se em 154 notas de cem, duas de vinte, uma de dez, uma de cinco e duas moedas de um real: 15 mil e 457 reais. Saí dali com o dinheiro em maços dentro dos bolsos das calças e sob a planta dos pés, dentro dos sapatos. Peguei um táxi até a rua da Relação, 43.

O quarteirão já era outro. Na rua dos Inválidos não havia mais as caçambas de entulho, os bueiros abertos, os sobrados em reforma, o vaivém dos caminhões, o bate-estaca constante, os operários vestidos em trapos carregando sacos de cimento e empurrando carrinhos de pedras entre tratores. Agora, debaixo de um entardecer que alargava as sombras, viam-se alguns funcionários de camisa social e sapato, executivos e auxiliares de escritório com o mesmo ar grave na testa, mulheres com olhares cansados, vestidos grudados ao corpo, sandálias de pano pouco resistentes ao passo dos meses, escurecidas nas pontas dos dedos. Logo anoiteceria e as lâmpadas de LED pintariam de branco os jardins artificiais do arranha-céu da Petrobras e as calçadas remodeladas do quarteirão.

Perguntei ao porteiro pela corretora de imóveis de cabelos louros, blusa florida e sotaque de gaúcha. Ela já vem, disse o porteiro, e me recomendou fazer tempo no café aberto ao lado.

— Volta em uns dez minutos que ela aparece.

Saí e em poucos passos me vi diante de um estabelecimento moderninho e recém-inaugurado. O nome do café era Trastevere.

A coincidência era absurda. Eu tinha lançado uma tradução na Libreria del Cinema, na Via dei Fienaroli, no bairro romano de Trastevere, no dia 14 de julho de 2008, a mesma data em que meu duplo morreu exatamente naquele endereço. Dois lugares no mundo, Trastevere e a Lapa, e uma data. O meu nome — o nome do morto — era o nó que unia esses dois fios. Exausto, pedi um café curto e sentei de frente para a rua.

Logo vi pela fachada de vidro a mesma senhora que tinha feito as honras do edifício anos antes, dona Leonilce. Ela não se lembrava de mim, mas mentiu com um sorriso vazio e cortês. Sua desconfiança sobre a minha exigência de fechar negócio imediatamente evaporou quando tirei as primeiras notas do bolso, já dentro do apartamento 1202, que ela me mostrava pela segunda vez. Paguei três meses adiantados.

O imóvel mobiliado de 44 metros quadrados tinha decoração minimalista, com cama e sofá baixos de cores claras — a única coisa presa nas paredes era um pôster com o skyline noturno de Manhattan numa moldura envidraçada. Assinamos os papéis, um processo muito mais rápido do que eu esperava, ela me entregou as chaves e se despediu.

— O melhor está por vir! — disse.

Eu já estava à janela e acenei sem palavra, distraído com a vista. Do outro lado da rua, continuava sem pintura o prédio da Polícia Civil, mas o palacete francês ocupado pelo DOPS na ditadura estava já quase todo reformado, pronto para receber uma família nobre, um centro cultural ou um ministério. Subindo a rua dos Inválidos, na frente da recuperada Igreja de Santo Antônio dos Pobres, meu olhar reencontrava o edifício espelhado alugado pela Petrobras, um gigante de trinta andares a refletir o casario irregular da área, um terreno baldio com uma casa serrada ao meio e, num ponto microscópico de uma das suas janelas distantes, o meu rosto difuso.

QUEDA

1

Deitei no sofá sob o skyline de Manhattan assim que a corretora de imóveis saiu. Depois de breve anotação mental, saí a tempo de comprar um colchão, um jogo de lençóis, um par de cuecas, uma toalha, uma estante de plástico, um filtro de água, um prato, dois talheres e cinco tubos de papel alumínio que usaria como cortina, com as folhas coladas nas janelas. *Incipit vita nova.*

Guardei comigo pouca coisa além da pasta com o Registro de Ocorrência nº 005-0591/2008, o Guia de Remoção de Cadáver nº 042435-1005/2008 e o Laudo Cadavérico nº 04331/08. Um dos poucos impressos que sobraram da limpa que fiz na mala foi uma reportagem que tinha lido no voo para o Rio. Colei-a com fita crepe na parede, ao lado das peças do inquérito da minha morte. Era por causa da foto: uma aranha com uma teia bizarra e disforme.

Tratava-se de um texto do *New York Times* sobre a bioquímica utilizada por vírus, fungos, protozoários, vespas, vermes e outros parasitas para controlar o cérebro de seus hospedeiros. Um dos exemplos dados pelo texto era o baculovírus, presente aos milhões em qualquer porção de salada e inofensivo para os seres humanos, ainda que não o seja para as lagartas e mariposas-ciganas que o parasita transforma em escravos.

As lagartas da *Lymantria dispar* são uns bichinhos peludos com cerca de cinco centímetros de comprimento e cinco pares de pintas azuis nas costas, seguidos por cinco pares de círculos marrons e uma linha amarela clara entre elas. Elas sobem nas árvores durante a noite para se alimentar de folhas e descem à segurança do solo durante o dia para evitar predadores. Mas quando uma lagarta morde uma folha que está com o baculovírus, o parasita invade as suas células e começa a se replicar, acionando um comando que lhes diz "suba mais alto".

A reportagem citava o biólogo David P. Hughes, da Universidade Estadual da Pensilvânia. Ele dizia que um único gene, conhecido como EGT, é responsável por conduzir as lagartas até a copa das árvores. O gene codifica uma enzima que destrói o hormônio responsável por sinalizar que uma lagarta deve parar de se alimentar e iniciar o processo da muda. Esta parte aqui sublinhei com caneta preta: "Hughes suspeita que o vírus obriga a lagarta a comer em excesso. Elas não voltam para suas casas perto do solo porque não conseguem parar de procurar por comida. Os indivíduos infectados ficam por aí, só comendo e comendo. Ficam presos em uma mesma sequência".

Os hospedeiros ficam o tempo todo no alto das árvores, o que deu a essa infecção o nome de "doença da copa das árvores". Não acaba aí: as mudanças impostas no DNA da lagarta pelo baculovírus fazem com que ela se derreta, transformando-se em uma poça na qual pululam milhões de vírus que terminam gotejando sobre as folhas das árvores que estão abaixo. As lagartas que comerem essas folhas infectadas também cairão presas do baculovírus.

Mais assustador é o caso da *Anelosimus octavius*, uma espécie pequena de aranha que vive nas florestas tropicais da Costa Rica. Às vezes, essas aranhas abandonam suas próprias teias e começam a tecer outras, completamente diferentes — como a que estava na foto. Ao contrário da teia normal da aranha, um emaranhado de fios, essas novas teias têm uma plataforma coberta por uma folha grossa que a protege da chuva. São um lar não para as aranhas, mas para uma vespa parasita que vive dentro delas.

Como um arquiteto zumbi cujo cérebro foi sequestrado por sua invasora parasita, a aranha morre depois de completar seu trabalho. E a larva da vespa, que vem crescendo dentro dela durante todo esse tempo, rasteja para fora e produz um casulo que fica suspenso através de um orifício gentilmente fornecido pela aranha para o parasita. A vespa manipula as aranhas por meio de genes que produzem proteínas capazes de alterar os neurotransmissores no cérebro de seus hospedeiros.

Essa mudança do comportamento do hospedeiro por meio de psicofarmacologia chega também a animais vertebrados e, conforme se provou nas últimas décadas, ao homem. Se o parasita unicelular *Toxoplasma gondii* faz com que ratos percam medo de gatos e se reproduzam mais — mais dopamina e mais testosterona —, os seres humanos contaminados com toxoplasmose sofrem alterações de personalidade e aumento reportado de casos de esquizofrenia. Descobertas como essa fizeram a neuroparasitologia ganhar importância, justificando orçamentos bilionários da indústria farmacêutica para a produção de novos psicotrópicos em laboratórios de neurobiologia.

Uma lagarta que ignora seus predadores não para de comer e fica presa numa mesma sequência até derreter numa chuva contaminada de vírus. Uma aranha cuja teia alienígena é desenhada segundo as ordens de um parasita que altera a química do seu cérebro em um processo que a leva à morte — e à expulsão da larva arquiteta do seu ventre. Elas me faziam pensar em um pintor como o espanhol Manuel Montalvo, que, depois de ter largado a pintura para trabalhar com cerâmica industrial, passou os últimos dez anos da sua vida preenchendo para si mesmo caderninhos pouco maiores que uma caixa de fósforo, ilustrando com nível de detalhe febril e microscópico uma enciclopédia universal do mundo, vinte pequenos volumes coloridos divididos por assuntos como insetos, peixes, moda, heráldica ou santos. Ou no suíço Robert Walser que, até ser internado por 23 anos na instituição psiquiátrica onde morreu, dedicou-se a micromanuscritos cifrados e aparentemente compreensíveis apenas para si mesmo.

2

Minha primeira manhã na Lapa foi sem despertar, já que eu não conseguia mais dormir. Fiquei feliz quando o céu começou a iluminar-se. A noite parecia não acabar nunca. Eu descobria que não conseguir dormir não significa passar a noite acordado. Há um terceiro estado que é o de não dormir, ao mesmo tempo que não se consegue estar acordado.

Ainda num transe de vigília e confusão, levantei do colchão e saí para tomar um café no Trastevere. Depois andei até a praça da Cruz Vermelha, onde os velhos já alimentavam os pombos, e virei na rua Mem de Sá, onde vi uma funerária. Entrei. Um homem me atendeu num reservado atrás do mostruário com os caixões. Ele entregou uma ficha cadastral que preenchi na hora.

— O senhor tem filhos?

— Não.

— É casado?

— Não.

— Família?

— Não.

— No caso, então, seria um plano funeral só pro senhor?

— Sim.

— Qual a sua idade, senhor?

— 35.

— Existe uma carência de três meses.

— E se eu morrer antes disso?

— Se o senhor morrer antes disso vai ter que pagar o funeral.

— Mas eu já vou estar morto.

— Não, alguém vai ter que pagar o funeral. Alguém. No caso, um amigo ou alguma coisa. Não é ressarcido. Agora, se por acaso o senhor morrer após o terceiro mês, toda a despesa é paga. O que é a despesa: a urna, a remoção do corpo de onde estiver e o transporte para o cemitério ou para onde o familiar quiser, as flores, a parte cartorial e o cemitério.

— Então eu preciso andar o tempo todo com um cartão com as informações da funerária, caso me encontrem.

— Não. O senhor não precisa andar com ele. Mas precisa deixar num lugar de fácil acesso. Onde alguém ache. Mas se o senhor quiser andar com ele, fica a seu critério.

— E no cartão tem as instruções?

— Não. No cartão só tem o telefone para quem for fazer o contato dizer que o senhor fulano de tal faleceu e como é que vai ser o procedimento.

— E como é o procedimento?

— Se falecer em casa, na residência, tem que ter algum médico pra atestar o óbito. Senão o corpo obrigatoriamente tem que ir para o Instituto Médico Legal.

— Vocês mandam o médico?

— Antigamente mandava, mas atualmente não está se mandando mais, não. A família tem que ter um médico.

— Mas e se eu não tenho família? E se eu morrer sozinho no meu apartamento?

— Tudo bem. Vamos dizer que um vizinho descubra o corpo. Não é familiar e não é obrigado a ter um médico. Aí ele vai acionar a Polícia Militar, a PM vai acionar o rabecão, o rabecão vai tirar o corpo, vai levar para o Instituto Médico Legal e, como não tem familiar no caso, vai demorar 72 horas para ser liberado.

— Por quê?

— Porque no IML só se libera corpo se for para um familiar direto.

— E se não tem família?

— Se não tem família, você tem que juntar uma pessoa mais duas testemunhas após 72 horas, para depois tirar o corpo e sepultar. Já que a pessoa que faleceu não tem familiar, quem achou o corpo vai ter que decidir onde sepultar.

— Mesmo se eu estiver identificado com o cartão aqui da funerária?

— Sim.

— Eu posso deixar o seu contato no meu cartão?

— Eu não sou seu familiar. O senhor está me contratando, senhor.

3

Os dias começaram a passar sem que eu os percebesse. No edifício reformado que existia sobre o cenário da morte, eu já não pensava muito mais em nada que não fosse o tempo presente, o raio de poucos metros ao meu redor, os estímulos que ocupavam os meus sentidos imediatos. A minha antiga curiosidade pelos fenômenos do mundo tinha se esgotado, como se eu houvesse sido expulso dele. Pela primeira vez na vida, eu conseguia relaxar sem precisar enfiar a cara entre as pernas de uma mulher ou entupir meu organismo de bebida, maconha ou do psicotrópico da moda.

Desconfiava que essa satisfação pudesse ser produto da descoberta intuitiva de algum tipo de meditação dentro do apartamento iluminado pelo sol da tarde, mas logo abandonava esse pensamento para respirar profundamente, como se expulsasse de mim um ar ancestral, e me dedicava a ouvir os ruídos distantes da rua, buzinas, sirenes, sons de obra, o sino da igreja, às vezes o grito de um carroceiro, e mergulhava nesses sons enquanto mapeava as paredes brancas do apartamento, suas finas ranhuras e diferenças de tom na cor, os rodapés ainda com fita adesiva para protegê--los da pintura nova, a mancha solitária com a digital de um pedreiro no canto superior esquerdo do quarto. Eu me sentia profundamente acordado no meu luminoso e profundo tédio.

Tentava emular narrativas de confinamento como *Viagem à roda do meu quarto*, de Xavier de Maistre, ou *Dissipatio H. G.*, do escritor italiano Guido Morselli, um dos meus livros preferidos. E ainda *Longe de Ramiro*, romance de um escritor amigo meu, o Chico Mattoso, sobre um sujeito que se exila num hotel da própria cidade. Mas, ao contrário deles, meus instintos não eram sofisticados.

Às vezes, sem nenhum tipo de estímulo, tinha uma ereção. Deitava nu no chão de fórmica da sala, esticava as costas, colava os ombros e os calcanhares no piso. Empunhava com força o meu pau, apontava-o para o teto e me mastubava com a boca aberta. Tentava alcançá-la com o jato de porra. Nunca deixei de conseguir. Fechava os olhos e sentia o fundo da língua dormente, o travo acre-doce descendo pela garganta — eu jorrava litros de esperma, o que sempre me pareceu um desperdício da natureza.

Aos poucos, minha rotina ganhou caráter ainda mais monástico. Como o prédio estava praticamente vazio — imagino que poucos aceitassem pagar aquele aluguel abusivo —, não precisava me comunicar com nenhum vizinho, calava nos elevadores com os corretores e seus clientes e murmurava uma saudação ininteligível ao porteiro. Parei de beber. Na rua, passei a só comunicar o estritamente necessário: pedia a comida, a bebida e a conta. Quando não apontava para o cardápio, fazia contas para usar o menor número de palavras para dizer essas coisas e me concentrava apenas no desenho mental que fazia delas: filé — fritas. Não conseguia pensar na comida em si, imaginar as suas diferentes propriedades, consistências, cheiros e medi-las com o meu apetite para tomar a decisão do que queria comer. Até porque não tinha desejo por nada em especial e cada vez menos fome. Sempre pedia a mesma coisa. As mesmas palavras.

Eu acabaria por parar de sair na rua e pedir o que precisava apenas pelo telefone do porteiro após alguns episódios que pareceram não apenas confirmar os meus temores, mas inaugurar novos.

4

Eu estava voltando para o apartamento depois do almoço quando parei ao lado de um telefone público numa esquina da rua da Relação com a rua dos Inválidos, esperando o sinal abrir. Os orelhões da área traziam grudados em suas cúpulas de fibra de vidro anúncios fotográficos de prostitutas e travestis, as últimas muitas vezes exibindo fartos dotes sob seus nomes de fantasia e números de telefone. Distraía-me com aquelas imagens quando vi o número do meu celular riscado a caneta em alguns anúncios: 999211541.

Lembrar meu telefone me fez pensar nos recados, na agenda de contatos, no meu e-mail, em todas aquelas pessoas e nos milhares de anzóis cravados nas minhas costas que antes me ligavam a elas.

Telefonei para a minha caixa postal a cobrar. Havia 35 recados, a maioria deles da minha mãe.

Pulei tudo o que fosse familiar até que consegui ouvir a voz do detetive Virgílio.

— Cai fora desse endereço agora. Eles devem ter feito algo errado. Um erro que ninguém questionou até agora. Deve ser alguma coisa no Instituto Médico Legal que pode virar um problema administrativo para eles, essa coisa de identificar um pelo outro. Começando com o seu caso, um inquérito interno pode ser aberto para investigar outras mortes como a sua. O morto foi identificado duas vezes, uma com o seu nome e outra com o nome certo. E ainda assim enterrado como indigente. Tem muita coisa estranha aí. Eu já fiz o meu serviço, te deram o recado. Agora te dou a dica de graça.

Desliguei e reconheci o carro parado na calçada, em frente ao café Trastevere.

Era o mesmo Ford Blazer com vidro fumê e adesivo de deputado do PMDB que vi algumas vezes na porta do Santos Vahlis e nas redondezas. Caminhei alguns metros na diagonal até que pudesse olhar o vidro dianteiro. Vi um casal: um homem por trás do volante distraía-se com seu telefone enquanto uma mulher negra empunhava uma pequena câmera na minha direção.

Andei até os dois. Minha imagem cresceu no visor da máquina. Ela ergueu o rosto e tocou o ombro do seu acompanhante. O homem deu partida enquanto ela ainda me encarava — apesar da velocidade, a impressão era de que o carro tinha ficado imóvel. Eu, a rua e o mundo nos movíamos ao redor das órbitas castanhas da mulher cruzando a avenida.

5

Saí caminhando pela avenida Chile até o Largo da Carioca. Era um lugar aberto, onde eu ficaria exposto, mas eu já me sentia como se fosse de vidro. O sol de meio-dia fazia com que eu fosse um corpo sem sombras. Minha cabeça inflava como um baiacu ganhando ar para logo depois encolher até desaparecer.

Esse foi o único momento em que cogitei telefonar ou bater na porta de casa, buscando a ajuda da minha escassa família. Ou talvez do Tomás. Com a imagem dos seus rostos imobilizados em fotografias veio a lembrança do meu antigo apartamento, as estantes cheias de livros, as anotações nas páginas dobradas, os cadernos ocupando gavetas, as páginas soltas, recibos, agendas, cartões de visita, ingressos, recortes, bilhetes — objetos que eu não ia rever. As fotos do casal ainda estariam na parede? Eu já teria para a minha mulher o ar santo, célebre e melancolicamente elétrico dos recém-falecidos?

Voltar seria simples. O gesto é que me parecia impossível. A lembrança daquelas fotografias carregava o retrato antigo de desconhecidos. Seja lá o que tivesse a ver com aquelas pessoas, desaparecia um pouco mais a cada dia. Como eu mesmo: sem nenhuma audiência, ninguém para atuar, eu só *estava* lá.

Nessa mesma noite, olhando para o meu rosto no espelho do banheiro do apartamento, por alguns segundos fui incapaz de me reconhecer naquela nuvem de linhas tortas. Tentei gritar e o meu próprio grito se perdeu num emudecimento rouco. Abri a torneira, um fio de água quente caiu entre os meus dedos. Apoiei os cotovelos sobre a louça da pia e, com as mãos molhadas, peguei uma lâmina de barbear e um tubo de pasta de dentes, que espremi sobre o fio. Levei o barbeador à boca aberta, senti o contato da lâmina cega no veludo da minha gengiva, sob o lábio superior, de um lado para o outro, em movimentos precisos, vencendo a resistência da carne, pintando a louça da pia de vermelho, respingando pedaços da minha boca, lábios e língua na prateleira à minha frente. Dentro dos meus olhos, um espelho refletia meu rosto deformado sobre a pia, um buraco de fechadura que devolve a imagem do olhar curioso que espia o quarto interdito, cheio de caixas, arquivos, pilhas de livros até o teto. Eu dentro do outro era livre para fazer o que quisesse, e comecei a entender que não seria mais possível sair daquele lugar.

6

As paredes do apartamento começaram a ganhar manchas, o sofá se encheu de pratos de plástico. Pedaços de comida, embalagens e sacolas acumulavam-se pelo chão. Resolvi assumir minha vocação para a imundície e parei definitivamente de tomar banho. Arrastava as unhas negras pelo couro cabeludo, provocava nevascas de caspa e fazia desenhos com o pó branco sobre o chão. A única coisa que precisava comprar era o mínimo de comida — dei todas as minhas roupas ao porteiro e ele me ajudava com as compras. Manter-se vivo não é difícil.

Eu me movimentava pouquíssimo. Como uma criança febril, passava o dia nu, deitado, explorando as esquinas do quarto com o olhar, as pirâmides imaginárias na junção das duas paredes com o teto. O mundo deste Howard Hughes da Lapa eram aquelas fronteiras brancas, o som alienígena da rua, seus ecos por trás do zumbido do ar-condicionado ligado, os movimentos internos do meu corpo, seus tempos de digestão, entrada e saída. E nada mais.

Todas as noites, antes de dormir, me certificava de que a porta e as janelas estivessem trancadas. Era comum que, no caminho entre a sala e a cama, um apagamento súbito me fizesse voltar para ter certeza. Em algumas noites, eu refazia esse caminho até perder a conta. Muitas vezes caía de cansaço no meio, sobre o sofá.

Tirando essa preocupação constante — a porta e as janelas —, nada poderia me confortar, ou dizer qualquer coisa, ou me ajudar a ver qualquer coisa. O presente não era mais um ponto de transição do passado para o futuro, tampouco um espaço de recriação desse passado e desse futuro: ele era uma repetição infinita de si mesmo sem qualquer propósito. E daí: não mais viver assombrado por ter feito a escolha errada. Não mais sentir que estou em algum ponto do passado pensando na minha vida de agora como uma possibilidade remota. Ou do futuro, querendo me dizer algo fundamental que não consigo ouvir — ou que me falta a voz para dizer. Não mais sentir que estou fazendo tudo pela última vez. Ou que há uma festa permanente para a qual jamais serei convidado. Viver enfim o presente: todas as lembranças descartáveis, a memória um artefato inútil.

7

Se estivesse realmente acordado, descreveria os pontos de luz invadindo o silêncio do quarto através das rachaduras do papel laminado que servia de cortina, os fiapos brancos projetados nas paredes escuras, o despertar assustado com o som da explosão quando levantei o tronco, me apoiei com os braços no colchão e, antes de dar o primeiro passo, percebi que a janela também trazia o som de sirenes, helicópteros, vidros se espatifando contra o chão e um coro de vozes.

Apoiei meu corpo na sacada e olhei para baixo. Não entendi o que cantavam. Pareciam sentenças sem sentido, fonemas misturados, e essas frases, eu pensava olhando o movimento dos seres humanos lá embaixo, poderiam carregar relatos sobre o testemunho da minha própria concepção — uma noite quente em dezembro de 1977 num conjugado de fundos e andar alto em Copacabana, na rua Bolívar, entre a Toneleros e a Barata Ribeiro, o disco girando sob a agulha da vitrola, martelando o mesmo ponto, a fronteira última dos sulcos do vinil, *clec, clec, clec,* dando o ritmo para a trepada de dois estranhos para mim que, a partir daquele momento, quando jorrassem um dentro do outro, se tornariam os artífices materiais da minha existência.

Aqueles gritos de guerra também soavam como canções sobre o dia em que finalmente fui arrancado do meu corpo, sobre como o meu corpo continuará a se decompor, e então eu já ouvia lá embaixo canções confusas sobre o meu corpo aberto, manipulado e enterrado, ou queimado, ou, ainda, violado, como objeto provisório de matéria orgânica arrastando o mundo sob os pés, como os outros do lado de fora da janela do apartamento 1202 na rua da Relação, ~~43~~ 47.

Em pouco tempo, a sala estava tomada de gás lacrimogêneo. Quando abri a porta para criar uma corrente de ar, pensei que tinha ficado cego. À medida que minhas pupilas dilatavam-se para se adaptar ao escuro, percebi que não havia mais corredor, portas dos vizinhos, hall dos elevadores. Nem mesmo estavam mais lá o condomínio e seus apartamentos, corredores com cheiro de tinta, chão de fórmica, portas de compensado, salão de jogos e suas mesas para cartas e sinuca, lavanderia com máquinas modernas com nomes e instruções em inglês, home theater com poltronas e projetor de última geração, fitness center e seus aparelhos, esteiras de corrida, jacuzzi e sauna, tudo aquilo que desembocava na portaria espelhada no térreo.

Estiquei a vista e pude enxergar, através de uma brecha no concreto, sobre uma nuvem laranja e o paliteiro iluminado do centro da cidade, a lua crescente.

Peguei a pasta com o Registro de Ocorrência nº 005--0591/2008, o Guia de Remoção de Cadáver nº 042435--1005/2008 e o Laudo Cadavérico nº 04331/08 e desci as escadas até a rua.

8

Quando empurrei o portão de madeira no terreno baldio lá embaixo, as sirenes e os gritos silenciavam no que parecia ser uma trégua. Os dois grupos mascarados nas duas extremidades da rua da Relação agora se encaravam sob um silêncio só interrompido pelo som de tosse seca.

Percebo que um soldado se esgueira por trás da linha de frente da polícia, cochichando no ouvido de cada um dos homens de preto. Eles logo colocam as máscaras de gás, um agouro sinistro para os poucos que percebem a ação. Pequenos grupos de policiais se abaixam por trás dos escudos e inserem cápsulas em seus morteiros.

Nossos sentidos são invadidos pelo travo áspero da nuvem. O gás vermelho arranha nossa garganta, como se mastigássemos cacos de vidro. Corremos sob uma luz nublada de sinalizadores, explosões e tiros.

Os homens da lei avançam contra a multidão de civis, que solta um uivo grave e responde atirando pedras e garrafas flamejantes sob a lente de telefones celulares e câmeras de TV. Encontram-se num baque. Superando o peso das suas couraças, policiais inauguram hematomas nos crânios, troncos e membros dos homens sem uniforme. Alguns saem carregados pelos cabelos até a viatura mais próxima.

O motim não tem fisionomia ou forma — o grupo que opera aqui não tem ligação alguma com o da outra esquina. São independentes, não há chefe nem plano. O que une os mais jovens numa espécie de poeira humana que as revoltas levantam é o mesmo ódio à polícia. Uma força passava, era vaiada, avançava sobre o povo, este se espalhava, e um ou outro ficava apanhando de muitos num canto sob a marquise.

Quando virei a esquina da rua da Relação com a Inválidos, veio a queda. Os primeiros golpes na minha cabeça grudaram meus cabelos com um sangue espesso. Quando os cães começaram a lamber o meu rosto, percebi que o gás era doce. Inspirei fundo e encarei os olhos invertidos nos capacetes que se debruçavam sobre mim. Aqueles homens por trás das máscaras eram parecidos comigo.

Caí numa poça de cacos de vidro, primeiro sobre os joelhos, depois sobre o rosto e as mãos desacordadas.

Fui arrastado pelos homens, e a fricção da minha pele com o asfalto fez com que os fragmentos de vidro ganhassem trincheiras dentro do meu rosto, dos meus joelhos e das minhas mãos. Quando me viraram e perceberam que eu sorria, apanhei mais.

— Você é masoquista, viadinho?

Ao contrário dos outros que já corriam em direção à avenida Chile, eu não fugi. Levantei e estendi os braços. Não tinha nada a temer, não tinha flagrante, e imaginei que seria levado para dormir num lugar limpo. Imaginei também que pudessem me levar a um hospital. Agora não era um PM, mas um guarda municipal que correu na minha direção e, sem nenhuma palavra, chutou o meu peito com a bota preta, sendo seguido por outros cinco homens usando coletes azuis com inscrições da Prefeitura do Rio de Janeiro nas costas.

— Foi esse filho de uma puta que jogou a pedra!

Houve uma breve trégua nos chutes quando um sujeito saltou de uma moto e ofereceu um tubo de *spray* aos outros. Eles recuaram numa rápida reunião. Depois, um deles avançou com os passos pequenos de um domador e borrifou gás de pimenta no meu rosto, que começou a queimar por dentro, agulhas rasgando o lado de dentro dos olhos. Os homens riam. Quando tentei levantar levei um choque com uma arma *taser* na bochecha. O choque se espalhou pelo corpo inteiro, por dentro dos ossos.

Acordei dentro de uma van e, no aterro do Flamengo, no pátio do Museu de Arte Moderna, fui transferido para outro carro, onde um homem gordo com cassetete na mão continuou a me espancar. Depois ainda me empurraram para outra van, preta e com um adesivo do PMDB, com outros infelizes algemados e mais três funcionários armados, que seguiu até o viaduto Oscar Brito, na altura do quilômetro 32 da avenida Brasil.

A van então parou sobre a ponte, de onde eu fui o primeiro a ser atirado pelos agentes da ordem num valão de seis metros de altura. Depois de um tempo, ouvi a queda de outros quatro. O morador de um condomínio de prédios vermelhos próximo ao viaduto acordou com o barulho. Ele me tirou da poça de sangue misturada ao esgoto. Depois, só me lembro da ambulância que me levou para o Hospital Rocha Faria.

Na manhã seguinte, os funcionários da Prefeitura do Rio de Janeiro foram ao hospital perguntar por um homem que havia sobrevivido à queda de um valão.

Você, fingindo-se de enfermeira, disse que eu já tinha ido embora.

9

Voltei a abrir os olhos quando atravessava um corredor de azulejos chegando à emergência do hospital, uma série de macas separadas por cortinas de plástico. Descalço e nu por baixo de um avental branco, fui sedado por você, que fincou o soro na minha mão direita enquanto uma freira começava a arrancar com pinças os cacos de vidro do meu rosto, das minhas pálpebras, dos meus lábios e da minha testa. Depois, começou a passar nas feridas abertas pedaços de algodão embebidos em um líquido amarelado, e o atrito disso sobre a minha pele doía como uma lembrança.

Uma maca surgiu pelos corredores trazendo um rastro de sangue pelo chão e o grito de uma mulher grávida. As pernas e os braços da mulher estavam presos e ela gritava, vertendo lágrimas sobre o inchaço das bochechas:

— Não tirem ele de mim! Ele é meu. Não tirem ele, puta que pariu, pelo amor de Deus.

Você perguntou para as enfermeiras se a grávida tinha perdido o bebê. A freira que arrancava os cacos de vidro do meu rosto respondeu:

— Antes fosse. A criança está na barriga há quase dez meses. Ela faltou a todas as cesarianas marcadas. Não quer que lhe tirem o filho. A família a trouxe dopada.

E um médico de máscara cirúrgica:

— Se ela demorar mais para parir, vai matar o bebê. Vamos ter que arrancá-lo à força.

10

Você começou a me injetar morfina e por dias caminhei entre arranha-céus em construção, fachadas ocas e estruturas de concreto armado, avenidas que pareciam não acabar nunca e, de repente, desembocavam em terrenos baldios ou escadas de pedra no meio da mata virgem, onde, sob arcos geométricos de palha e guindastes ciscando vigas, eu me perdia entre canteiros de obra com pilhas de entulho, andaimes equilibrados sobre montes de areia e caminhava pelas serpentes ocas de concreto que se contorcem debaixo da terra em túneis de metrô, e de volta à superfície, sobre lápides e trilhos incendiados, em pontes de vidro que levam do nada a lugar algum, entre canais de esgoto e linhas de trem, em planícies onde pirâmides espelhadas se erguem ao lado de escadarias brancas, globos de ferro presos ao chão, árvores rabiscadas e paredes caídas, sob a luz de hieróglifos cinéticos de neon e sinais de trânsito piscando para ninguém, debaixo de pórticos modernistas em ângulo reto, a sombra de retângulos pelo chão, placas indicando bairros desconhecidos, longos planos inclinados, por dentro de barracões de candomblé e seus tetos de zinco, avenidas nubladas de árvores nuas, gárgulas e santas no topo de igrejas olhando de cima os generais de granito na praça com a testa cagada por pombos, e por iluminados corredores de gavetas, algumas abertas mostrando as etiquetas penduradas nos dedos dos mortos, entre colunas de tijolos aparentes sobre o chão de losangos de pedra e esculturas gigantescas do rabo e da boca daquela mulher que eu sabia ter ao meu lado — e agora éramos nós dois que nos escondíamos naquelas ruínas, girando sobre carrosséis de palha, abaixando a cabeça com respeito ao carrego do ebó pra Oxum, passando entre os lençóis pendurados nos varais das avenidas noturnas, acima dos respiradouros da cidade e seu vento quente fazendo levitarem as folhas mortas.

Aos poucos percebi que você continuava velando o meu sono, agora me abraçando por trás, sentada e encostada na parede sob a luz de uma vela enquanto meu tronco escorria entre seus braços enlaçados, minhas costas no seu colo largo e minha nuca apoiada no seu ombro esquerdo, como na pietà de Bouguereau.

— Meu amor — eu ouvi.

Aos poucos recuperei os contornos da minha consciência, como uma cidade que se reconstrói quarteirão ante quarteirão, e comecei a me lembrar do que me levou até os seus braços, os meses no hospital imundo, você sobre mim com a agonia assombrada de uma santa, equilibrando os joelhos na maca, sentada sobre mim, e as injeções no meu rosto, o pino sendo retirado dos joelhos, e logo vieram as suas despedidas, o nosso recorrente primeiro encontro — era você no telefonema do detetive, era você com a câmera apontada no carro, era você debaixo da janela da minha infância abraçada àquela criança com as minhas roupas, era sempre você. E, depois, a dança nos escombros de casa, e finalmente o nosso quarto, para onde você me levou com a pastinha de documentos, fugindo do hospital no fim de uma noite de chuva, até o cubo de tijolos erguido no segundo andar do esqueleto invadido do prédio na rua da Relação, 47.

11

Você cuida da febre e passa água oxigenada nas feridas até que adormece, caindo de lado. Ainda fico um tempo falando sozinho. Passo a mão sobre sua cabeça, brinco com as orelhas, a nuca, a pele quente e negra do seu pescoço descoberto. Quero que você acorde. Finalmente você desiste de mim com um gemido e dá as costas, cola as palmas das mãos e dobra os joelhos, pequena dentro daquele corpo. Você nunca está ausente, nem bêbada, muito menos dormindo. É como se pudesse despertar amedrontada a qualquer momento.

Sento, à meia-luz. O concreto do chão tem cheiro de obra. Você não gosta do cheiro. Mas gosta do espelho grande e quebrado, gosta de se ver, vira o pescoço para se ver. Às vezes me esquece, hipnotizada pela própria imagem, fartura de peitos, coxa e rabo.

A janela do nosso quarto, a única entre as vigas do prédio, guarda uma dezena de metros até a rua. É tarde demais. Imagino que a essa hora todo mundo já tenha desistido. Da cachaça, do pau duro, de estar vivo. Esqueço eles. Dou o primeiro passo no ar e já sinto a linha do bonde sob os pés. Desequilibro, parece que vou cair, mas não, já estou firme sobre os Arcos da Lapa. De dia, a bagunça das crianças penduradas, correndo atrás do carro, gritando e rindo, doidonas, e o bonde correndo pelo trilho, velho inchado, rangendo e soltando faísca. Agora, eu só no escuro e você dormindo em casa.

Subo na mureta, enfio os dedos entre os pequenos vãos da grade. Solto meu corpo contra os fios de metal, que se contorcem me dando apoio. Os nós dentro de mim unem-se à estrutura metálica. No quarto, os espelhos se refletem. Você dorme, sonha com cachorros transparentes, crianças transparentes, paredes transparentes.

Viro a cabeça até que a linha do chão se torne um traço vertical. Os postes se deitam sobre o casario maltratado. As luzes dos sobrados se confundem com os faróis dos carros, sinais piscando num grande borrão vermelho. É quando percebo. Chegam pelos trilhos, se esgueirando da minha vista torta. Aproximam-se, agora sem pudor, e ganham minhas costas, esticam os braços pela sombra.

Depois que acorda e não me vê no quarto, você se assusta, telefona para alguém e chora. Mija sem tocar o rabo no vaso sem tampa. Acompanho seus passos enquanto caminha pela rua da Relação e dobra a Inválidos até o IML da Mem de Sá. Anda aos soluços, de pijama, desviando os peitos grandes dos vagabundos. Eu já estou em outro lugar, no colo agitado de outra mulher que é você, chupando e mordendo seu peito como uma criança faminta até que ela se sente sobre mim e ponha o meu rosto entre suas pernas, como num parto ao contrário, a minha cabeça de homem adulto saindo de você enquanto o escuro se apropria de tudo, tomando de volta algo que sempre foi seu. Algo que sempre foi dele.

O sol nasce por trás do bairro da Glória. As casas semidemolidas do Centro começam a marcar o tempo com silhuetas nas paredes que ainda estão de pé.

A sombra do esqueleto da rua da Relação cai sobre-

(AQUI O MANUSCRITO FOI INTERROMPIDO)

Posfácio

Por Maria da Glória Prado, pesquisadora de literatura brasileira (Ph.D. Brown University)

O limite entre a resistência e a desistência é muito estreito. Às vezes, é quase invisível. Também a fronteira entre o pessimismo e a coragem costuma nos confundir. São territórios limítrofes, em geral desérticos e habitados por nômades ou suicidas. Produto de um fenômeno cultural do nosso tempo — o conceito de autoria como performance —, J.P. Cuenca (1978-2016) parece ter vagado sobre esse solo infértil.

Neste derradeiro livro, ele é um personagem literário, narrador da própria história; é um tipo real que rouba sua identidade e morre num prédio ocupado na Lapa — e que por isso se torna ficcional —; e, por último, é o escritor que deixa inacabado o rascunho de um romance. Os três são personagens de ficção e personagens reais ao mesmo tempo. E os três estão mortos.

O autor se mistura com sua própria obra num jogo de aparências sem o qual não se pode compreendê-la. Fazem parte deste quebra-cabeça autoficcional as misteriosas circunstâncias do seu desaparecimento — o mesmo décimo-segundo andar de onde alguém saltou para o vazio no livro, o mesmo apartamento alugado a pretexto de escrever uma obra e filmar um documentário sobre o roubo de sua identidade (como um personagem de ficção registrando um escritor "real" que se crê esse personagem), o mesmo prédio construído sobre o esqueleto onde seu suposto Doppelgänger morreu em julho de 2008 e onde ele encontrou seu destino oito anos depois.

A discreta — para não dizer inexistente — crônica policial sobre sua morte, o longa-metragem, também irresoluto, a tímida repercussão nos meios culturais, a suspeita de assassinato, a conclusão ambígua do inquérito policial, tudo isso faz parte de um objeto que ultrapassa os méritos do livro.

Se, isolado, o romance pode ser lido como um autopanegírico que o autor mascara através de uma suposta devassa moral sobre si mesmo e sua cidade, é na leitura tomada em conjunto com elementos externos que a obra propõe novos significados: talvez sua morte indique que essa literatura anêmica que busca sobrevivência ao se alargar e derramar sobre o mundo está à beira de deixar de ser literatura — se é que já não o fez.

Ao nos debruçarmos sobre sua obra curta e irregular, vemos que o autor tenta a todo momento trabalhar o fetiche exibicionista da nossa sociedade como mais uma camada narrativa, na qual o leitor não apenas acompanha a vida dos seus personagens como também espia a vida do criador do relato. Parece condição primeira que a obra seja composta para além dos livros publicados, uma vez que, a todo o momento, novos elementos ou pistas podem ser acrescentados a ela.

Esse jogo parece apontar para um novo campo de pesquisa no âmbito dos estudos literários ao sugerir um possível deslizamento da obra para o corpo/imagem do autor/ator, escritor/personagem. Este objeto estranho transforma-se em uma espécie de centro gravitacional que captura, inclusive, reflexões como esta — e tal buraco negro lembrará mais uma zona de exclusão radioativa que um *Aleph*, diga-se.

"O nascimento do leitor tem de pagar-se com a morte do Autor", óbvia citação em que Barthes descreve a ideia de que dar um autor a um texto é dotá-lo de um significado último, encerrando a sua escrita. De certa forma, aqui temos uma radicalização desse apagamento. Onde a resistência se transforma em desistência, a aura desse autor que olha para o futuro de costas esgota-se como a chama de uma vela: por falta de oxigênio.

Os deslocamentos do jovem escritor morto (será um "jovem escritor" para sempre) parecem ter como objetivo final levar sua autodemolição ao limite — como um mensageiro do futuro que entrega a si mesmo a própria sentença de morte.

Agradecimentos

Alison Seay
André Conti
Cassiano Elek Machado
Civitella Ranieri Foundation
Christiano Menezes
Dominique Nédellec
Elizabeth Lowe
Martín Caamaño
Michael Kegler
Nicole Witt
Paulo Roberto Pires
Petra Masky
Raquel Cozer
Silvana Nassar
Zeferino Coelho

Este livro foi composto em Utopia e impresso
pela Intergraf para a Editora Planeta do Brasil
em junho de 2016.